范小青文学年谱

范小青与与方方（中）、林白（左）在韩国参加中韩作家会议

人民文学出版社一九九七年版《赤脚医生万泉河》书影

汪政：……倒是应该把眼光往远处放放的，看得模糊一点，放远了看，就是一个影像，一种色调，闭上眼睛，就是一个人的声音，万泉和的声音。我们对逝去的生活有怎样的心情？又该如何表达？能找到那个代言的真是不容易，心情意绪都那么合拍，真的不容易。一个木讷的人，说出来的话时时要让聪明人发笑的，但到后来，一种苍凉上来了，想让也让不掉。到这时，一切细部的发微倒显得多余。

范小青：你对万泉和的这一小段总结，让我激动，真的有点热泪盈眶……

序言

陈思和

记得三十年以前，我刚入复旦中文系读书的时候，章培恒先生出版了他的第一部著作《洪昇年谱》，受到学界高度好评。直至今天，我在百度上搜索书名，还会跳出这样的评价："该书不仅首次全面细致地胪列了谱主的家世背景、个人遭际、思想著述、亲友关系等，还就洪氏'家难'、洪昇对清廷的态度以及演《长生殿》之祸等诸多有争议的问题提出了一系列独到见解，将洪昇生平及其剧作研究推进了一大步。"编制年谱，功在三个方面：一是详细考订谱主家世背景、个人遭际、思想著述、亲友关系等史料；二是对于谱主经历的历史事件的深入探究；三是对其人其书的整体研究的推进。那时我们接受的教育是，年谱编撰是最花时间最吃功夫，同时也是最具有学术价值的一种治学方法。研究者在学术上的真知灼见被不动声色地编织在资料的选择和铺陈中，而不像那些流行的学术明星，凭着胆子大就可以胡说八道。后来章先生指导研究生研究古代文学，也是先从研究作家着手，而研究作家先要从编撰年谱着手，于是就有了一套题为《新编明人年谱丛刊》的年谱系列，这套书至今仍是我最珍爱的藏书之一。

章培恒先生的导师蒋天枢先生，曾在清华研究院国学门受过陈寅恪、梁启超等名师指点，蒋先生晚年，放下自己的许多著述不做，集中精力整理恩师陈寅恪先生的遗著。一套书干干净净地出版了，最后一本是蒋先生编订的《陈寅恪先生编年事辑》，用年谱形式，把陈先生一生的著述活动都保存下来，没有一句花里胡哨的空洞之言。后来谬托陈先生知己的学人名流有的是，却没有一个在陈先生受到困厄之苦时候“独来南海吊残秋”的。这些流传在复旦校园里的故事，既告诉我们如何做学问，也告诉我们如何做一个知识分子。

倒也不是说，做年谱就是有学问，大谈理论就不是真学问。章先生后来也是从史料考辨走出来，偏重学理史识，成为一位被人敬重的文史大家。但是我们从蒋先生到章先生再到章门弟子的传承中可以看到，编制编年事辑（年谱）成为他们学术训练的一个基本方法。古代文学研究如此，现代文学研究也是如此。我早年追随贾植芳先生研究中外文学关系，先生首先就指示我从搜集的大量资料中编撰一份“外来思潮、流派和理论在中国现代文学史上的影响（1900—1927）”的大事年表，罗列西方诸思潮流派在中国传播影响的编年记录；这份年表有六万多字，把这一时期中外文学交流关系的来龙去脉基本上都弄清楚了。后来我写作《中国新文学整体观》里使用的材料观点，基本上得益于这份大事年表。所以我一直坚持这样的想法，培养研究生治学研究，从作家研究，或者具体问题研究起步，收集资料，编撰年谱或者编年事辑，是最好的训练方法。研究者的研究方法，学术观点，都由此而生；为后来者的研究，也提供了一份绕不过去的研究成果。

可惜这种扎实的学术风气，到了上世纪九十年代以后，在高校的研究生培养中渐渐式微，一些似是而非、华而不实的流行理论、外来术语、教条形式都开始泛滥，搞乱了青年学子的求知心路，也破坏了良好求实的学风。现当代文学研究领域尤其严重。今林建法先生受聘于常熟理工学院，担纲校特聘教授与《东吴学术》执行主编。

林先生从事文学编辑三十余年，对于学界时弊看得清清楚楚，他首倡编撰当代作家、学者年谱，为当代文学研究提供一份作家、学者的详细年谱，也为学科发展提供了信史。我赞成他的提倡，这个建议不仅有利于当代文学学科基础的夯实，也为研究生的学术训练、学风培养开拓了一条有效的道路。

《东吴学术》年谱丛书（甲种：当代著名作家系列；乙种：当代著名学者系列）由复旦大学出版社出版，这是一个良好的开端，我希望这套丛书在林建法先生的主持下能够坚持若干年，不断开拓选题，为当代文学研究奠定坚实的基础。

2014 年 4 月 19 日写于鱼焦了斋

一九五五年

七月二十二日，范小青出生于上海郊县松江。“在相隔了整整四十年之后，我来到了我的出生地，上海某县的一所中学。是我母亲当年的一个学生带我来的，后来，他成了我大学里的老师、校领导，我叫他徐老师。……当年的老房子已经不存在了，但是地方还在，感觉还在。”①松江在范小青的印象里，没有记忆，只有想象：“虽然很小就离开那里，但思绪却常常飘回我那个地方：那一所旧了的学校，那一排五十年代的平房，房前的篮球场，母亲怀着我，坐在门口看父亲打篮球。”②

一九五八年

三岁。

范小青随父母迁往苏州，住在五卅路。“童年是一条街，这条街叫五卅路，在街的某一段位置上，有一块纪念

① 范小青：《走不远的昨天》，长春：吉林人民出版社，1998 年版，第 5 页。

② 范小青：《那一年我头一回去上海》，《上海采风》2005 年第 10 期。

五卅运动的石碑。”“我们家一个小小的阳台，面对五卅路，从五卅路开始了我童年的点点滴滴的记忆。”①“我也是苏州的小巷里长大起来的。”②“每天走出门踩着的每一块砖石，不定就有成百上千年的历史，每天呼吸的空气，都是经过多少代传承的文化酝酿出来的，我就是被浸染和淹没在漫长无边的文化和历史中，所以，在许多年的写作中，我笔下的人物和事情，无论如何也离不开这种特定的色彩，也正是这种色彩，让我的不大能让人记住的小说中，也能够有几篇让人记住了。”③当代文学史，陆文夫和范小青笔下的“苏州”是重要的“文学地标”。“三岁到了苏州，一待四十多年，走遍了大街小巷，饱餐了湖光山色园林美景，裤裆巷、采莲浜、锦帆桥、真娘亭、钓鱼湾、杨湾小镇……成为她的书名或在书中出现的时候，读者一看就知道写的苏州。”④苏州这座古城对于范小青个人成长史和创作史的双重意义，一九八五年前后被范小青所发现和确认。

---

① 范小青：《走不远的昨天》，第 8、6 页。

② 范小青：《小巷人家》，《花开花落的季节》，上海：知识出版社，1994 年版，第 60 页。

③ 范小青：《变》，《山花》2006 年第 1 期。

④ 范万钧：《我家有女》，《时代文学》2006 年第 6 期。

一九六二年

七岁。

范小青进入苏州草桥小学读书。草桥小学是一所创办于二十世纪初的很古老的小学。父亲眼里的范小青“很柔顺：听话，肯学习，成绩好，是大家喜欢的乖女孩”①。在范小青的记忆里，“基本是懦弱的母亲和善良的外婆塑造了我”②。“小学时的我，基本上是无声无息的，四年级以前一直是个闷嘴葫芦，几乎所有有关的人员中，只有外婆重视我，特别疼爱我，外婆在临终前还在向我大舅舅要一点钱，说要给她的‘心头肉’，心头肉就是我。外婆虽然早就走了，但她的疼爱，陪伴我一辈子。文革中的一段时间，不用读书，我有了放开自己的机会，喜欢带着比我小一点的男孩女孩出去乱玩。”③这一段生活经历多年以后被范小青写入短篇小说《我们的战斗生活像诗篇》。

---

① 范万钧：《我家有女》，《时代文学》2006 年第 6 期。

② 范小青：《边走边写》，《花开花落的季节》，第 204 页。

③ 范小青：《关于成长和写作》，《小说评论》2010 年第 5 期。

一九六六年

十一岁。

范小青全家搬迁到干将坊一百零三号。这是苏州城里的一个比较典型的大居民院，前后好几进，前有天井，后有小楼。一九六六年，是范小青记忆中梦魇般的年份，有太多的惊惧不安伴随着她。“一九六六年的深夜，响起了惊恐的敲门声，有人来抄家，他们是我父母亲的同事。”①“一九六六年的夏天或者冬天，父亲走在五卅路上，地委食堂也在这条街上。”②三十年后，一九九八年，范小青回忆道：“一九六六年我才十二岁，那个夏天的夜晚，我心里很痛。”③很痛的原因是她亲眼目睹父亲在地委食堂被批斗。“父亲深刻地认识到自己的错误和罪行，低着头站在愤怒的人群面前；许多手臂举起来又放下，放下又举起来，口号声此起彼伏。三十多年后的今天，我仍然不能将这些口号写出来。”④这是范小青内心的隐痛。

---

① 范小青：《走不远的昨天》，第 15 页。

② 同上书，第 8 页。

③ 同上书，第 4 页。

④ 同上书，第 3 页。

“时间能够冲淡许多事情，但有些事情时间却无法冲淡。”[①]范小青无法忘记父亲的同事拽下父亲胸前的毛主席像章，甚至将这个永远无法确定的场景，看作人生换季的时节[②]。不仅如此，这一段时间，范小青一家的物质生活也相当困乏：“家里的钱总在半个月以后就用完了，不到月底父亲就要东借西挪，将剩下的日子过完。”[③]在范小青的记忆中，母亲曾经让她去宫巷的当铺里当过一条混纺的粗布裤子，范小青走了两家当铺才当了八毛钱去买饭票。一九六七年的春节，大院里的邻居家家户户忙过年，她们家却已经揭不开锅，到了年三十的下午才“奇迹突然发生，……我们家的一个远方的亲戚给我们寄来了五元钱，汇款附言上写着：‘给孩子们过年’”[④]。

一九六九年

十四岁。

范小青进入苏州第一中学读书。关于这所中学，范

---

① 范小青：《走不远的昨天》，第 3 页。

② 同上书，第 4 页。

③ 同上书，第 2 页。

④ 范小青：《五元钱过个年》，《又是雨季》，成都：四川人民出版社，1996 年版，第 34 页。

小青曾经回忆道："我也不很喜欢我那时就读的一所中学，倒不是因为这学校有什么不好，那曾经是一座相当不错的中学，和许多优秀的学校一样，曾经培养了许多人才，可是一九六九年我在那里上了一年学，留在我记忆里的只有两件事，一是和全校师生一起挖了一个很大很大的防空洞，另外就是学了一首英语语录歌《海内存知己》和一句俄语口号'缴枪不杀'，何况，那时候家庭受到的冲击在我幼小的心灵留下了创伤，本来就不大会说话的我，更加沉默寡言，郁郁寡欢，更加口笨舌拙，泥塑菩萨般地不讨老师同学的喜欢，也不合任何热闹的场面，我穿着旧衣服，无声无息地生活在那些无忧无虑的女孩子中间，愈发地自卑，可以说对那样的环境是麻木的，说不上讨厌，但也决不喜欢。"①

一九七〇年

十五岁。

一月，范小青随父母下放到苏州吴江县桃源乡。桃源乡在江苏最南边，与浙江接壤。为了范小青和哥哥继

① 范小青：《世间桃源》，《花开花落的季节》，第159页。

续求学，父亲在另一个大队，找到一所离家很远，好几个大队合起来办的一个初中。这所初中是只有初一和初二两个年级的复试班。范小青和哥哥各自退了一级，哥哥重新上初二，范小青则再读初一。此后两年，范小青在这所乡村中学求学。“复式班，一间草屋，一眼安在教室的小灶，一口大锅，门前就是运河，运河上的船只。很奇怪贫困和落后有时候也会是一种诗意。”少女时代“下放地”的生活对范小青的精神建构至关重要，是她走向人生的开始，在这里范小青完成了从少年走向青年的历程。“我在乡下广阔的田野里，在清新的气息中自由自在地呼吸，农民孩子质朴友好的感情，好奇渴求的眼睛，使我第一次感到了自己的存在。”“正是到了乡下，到了这一个叫作桃源的地方，我的心开放了，有许许多多郁积的东西流了出来，我仍然老实巴交，但是我不再自卑。”①

三十余年后，听从内心的召唤，心灵和创作重返农村，范小青承认小说里“肯定有我的亲身经历和感受，肯定有情结在里边”②。“乡下给我们安排的住处是一个大院里，这大院从前是一户富农人家的，现在里面住了好几

① 范小青:《边走边写》,《花开花落的季节》,第205页。

② 范小青、汪政:《灯火阑珊处——与〈赤脚医生万泉和〉有关和无关的对话》,《西部·华语文学》2007年第5期。

家，在大院前面住着两个知识青年，在我们右边住着两户富农，在我们左边是大队的合作医疗所，在这样的一个环境中，我们的生活也不会很贫乏。”[①]这个富农大院和下放地的生活，包括空间、场景、气息和生活经验，部分地构成了范小青迄今最重要的长篇小说《赤脚医生万泉和》的原型。

一九七二年

十七岁。

父母先后到吴江县城工作，范小青随父母到县中读书。

一九七四年

十九岁。

范小青高中毕业。“一九七四年十二月二十二日，吴江县湖滨公社红旗二队的贫下中农，开了一艘水泥机动

① 范小青：《世间桃源》，《花开花落的季节》，第159页。

船到吴江城里来接我。”[1]这里也和桃源公社一样是半农半桑地区，队里只有一个知青，没有集体宿舍，范小青寄住在一户农民家里。范小青入了党，当上了公社团委委员、大队团支书和铁姑娘战斗队队长。后因劳动强度过大，致腰椎受伤，辗转在苏州老城门的角落找到一位推拿老医生疗伤。

一九七六年

二十一岁。

范小青治病时住在苏州吴县第一招待所，开始在小笔记本上写“长篇小说”。“我开始创作我的长篇小说，题目记不清了，也许根本就没有题目，也许是《枫树湾的战斗》之类的题目。”[2]“并不是写我的农村生活，写我的铁姑娘生涯，而是写红卫兵和走资派的斗争，当然这是不可能写成的。”[3]八月，范小青被县知青办借去搞县知青代表大会材料。九月，参加苏州地区文化局戏剧创作班。关于这次会议，范小青在日记里写道：“拿起笔来是第一

---

① 范小青：《走不远的昨天》，第 138 页。

② 同上书，第 163 页。

③ 范小青：《铁姑娘》，《花开花落的季节》，第 79 页。

次，搞戏是第一次，参加会议是第一次。”据范小青后来回忆：“如今我已经记不大清楚我是怎么会参加这个会议的，谁推荐的，谁决定的，已经记忆模糊了。……那时候我正在插队，后来被县知青办借调去帮助工作，我想可能和这个有关”①。插队的几年，范小青“写过一些从没想到拿出去发表的文章，多半是些散文诗之类”，“还有一段时间，沉迷于古体诗的创作，在每一首诗中加入一些极为冷僻的古字”②。

一九七七年

二十二岁。

三月，范小青参加县里举办的小戏学习班。七月，参加地区文化局的小戏学习班。在这次学习班期间，写出了小戏《金钥匙》。《金钥匙》是写路线斗争的。范小青自己说：“《金钥匙》是写路线斗争的。我其实从来就没有明白过什么叫路线斗争，记得在为一个反面人物写身份的时候，怕有人对号入座，父亲给我出了个主意，说这个犯

① 范小青：《与文学有关》，《时代文学》2001年第6期。
② 范小青：《边走边写》，《花开花落的季节》，第207页。

路线错误的人，可以是县财办主任。那时候县里没有财办，文教局一位局长看了，笑了笑，说：‘财办主任？你怎么想到个财办主任的？’……这是一九七七年，打倒‘四人帮’已经快一年，‘路线斗争’仍然是多么地‘深入人心’……但是《金钥匙》的主题思想几乎仍然是‘四人帮’的。”[①]十月，教育部召开全国高等院校招生工作会议，决定恢复高考。十一月二十八日，范小青参加高考初试，并通过初试和复试。

一九七八年

二十三岁。

元月二日，范小青在日记中写道：“我宣誓：不管在什么样的岗位上，我都要把我的毕生精力献给祖国的文学艺术事业。我知道，今天，我还不能称自己是文艺战线上的一兵，即使是最新的一兵。因为我的一切，不论是政治思想，还是文学艺术方面，都不合格，但是，我有韧性，要锲而不舍，刻苦钻研。毛主席说：‘入门既不难，深造也是

① 范小青：《与文学有关》，《时代文学》2001年第6期。

办得到的。'这对我的鼓舞是多么大啊。"[1]范小青的文学创作生活，从这一刻开始了。元月二十七日，县小戏创作调演，一台戏共五个节目，其中有《金钥匙》。当天的日记中范小青写道："今天晚上看了一台戏，真把我看醒了，一台戏五个节目，连我的《金钥匙》也在内，看下来一比，我的脸不由红了。我看到了自己本子的差距，这也是对我的骄傲自满思想的一次有力的批判，我觉得别人已经跑得很远了，我原地踏步，却以为自己一直在别人前面呢！太可怕了。"[2]二月二十八日，范小青接到江苏省高校招生办公室通知，被江苏师范学院（现苏州大学）录取，成为"七七级"大学生。后来成为范小青丈夫的徐阳生被录取在同校体育系："有幸我和他同一年考入大学，一系之隔，这才有了日后秦晋之好的基础。"[3]

一九七九年

二十四岁。

中国文艺界进入"解冻"复苏时期。十月，中国文学

① 范小青：《与文学有关》，《时代文学》2001 年第 6 期。

② 同上。

③ 范小青：《我与体育》，《花开花落的季节》，第 170 页。

艺术工作者第四次全国代表大会在北京召开。是年，范小青创作了第一篇小说《解放》，并发表于校内文学刊物。

一九八〇年

二十五岁。

范小青读大三。这正是知青作家驰骋文坛的时代。范小青亦是从“知青文学”起步。短篇小说处女作《夜归》发表于《上海文学》第九期，发表时杂志特别注明“作者系江苏某校学生，第一次发表小说”。该期杂志还发表了王若水八月在庐山高等学校文艺理论讨论会上所作报告的一部分《文艺与人的异化问题》和陈建功的短篇小说《迷乱的星空》。

《夜归》写的是范小青熟悉的插队和大学生活，主人公大学生映华是一个有婚史和女儿的寡妇，她和前夫山柱的爱情和婚姻是同时代许多大学生的青春前史。同学高干子弟平明爱上映华，遭遇政治辅导员张俊玉的劝阻。山柱的去世使映华和平明的爱情纠结不再是道德意义的彷徨，而是处身一个思想转型时代新旧观念的交锋。为了表现对正常人性的尊重和肯定，小说最后以“毕竟是八十年代的春天啦！”“人们啊，你们感到春天了吗！”点题。《夜归》是一篇带上时代文学风尚的大学生“作文腔”[1]的“问题小说”，但小说人物心理处理得熨帖且细微有致，显示出范小青乍一出道就很娴熟的文学能力，甚至能从中读出意识流的影子。范小青说：“最早，我在一九八〇年代初刚开始发表小说的时候，就有人说，哇，你这是意识流。我吓了一跳，那时候我还不知道什么是意识流，在我写了至少四五篇被称作意识流的作品后，我还没有读过意识流。”[2]

《夜归》的发表给范小青母亲带来很大的精神慰藉。当时，范小青的母亲正在住院，父亲从母亲的病床边一直冲到很远的邮局，购买了十几本当期的《上海文学》。母亲身患重病，躺在病床，满心欢喜地听父亲朗读范小青发表的小说处女作。后来病久不愈的母亲身体转好，拿起笔尝试写小说，不久又病倒。范小青说：“我无法代替母亲去实现她也许曾经有过的作家梦，但是我做母亲希望我做的事情，没有母亲的文学梦，就不会有我的文学路。”[3]

---

① 黄毓璜：《现状和前景：范小青的人生小说建构》，《当代作家评论》1990 年第 2 期。

② 范小青：《倒置的关系也是一种关系》，《中国比较文学》2013 年第 1 期。

③ 范小青：《与文学有关》，《时代文学》2001 年第 6 期。

一九八一年

二十六岁。

范小青大学毕业，留校担任文艺理论教学工作。关于这段经历，范小青多年后回忆道："我在大学毕业后又留在学校教了几年书，现在我的学生他们已很出息很出息了，这是在我的对于大学的回忆中的最令我高兴和骄傲的事情。虽然我做大学老师做得不怎么样，我做班主任的时候，基本上不管班里学生的事情，我只是躲在家里写我的文章，至今我仍然感到很惭愧。"[①]该年，范小青分别在《青春》第二期和《上海文学》第十期发表短篇小说《上弦月》和《我们都有明天》，小说的题材仍然是她熟悉的知青生活。

一九八二年

二十七岁。

范小青与作家陆文夫开始交往，直到二〇〇五年陆

① 范小青:《说我自己》,《作家》1994 年第 6 期。

文夫去世，二十余年两人甚笃的师生友情是当代文坛的一段佳话①。范小青后来回忆与陆文夫的交往："常常被人介绍说，这是陆文夫的学生。心下暗自得意，想，作为作家的陆文夫老师最正宗的学生大概应该算我一个吧，尽管陆老师再三地否认自己收过学生，对于我的投拜好像也从未正式地承认过，最多也不过一笑，意思说你们说你们的，我没有学生还是没有学生，但我还是死赖活赖要投在他的门下。为什么呢，却也说不很清楚。自从许多年前暗自将自己拜为陆文夫老师的学生，便自以为和陆老师有了特殊的一份感情，逢别人提到陆老师，谈论陆老师，不仅脸上光彩，骄傲无比，心中更涌起无限温暖，这不算奇怪吧。"②

该年，范小青在《希望》第一期上发表《屋檐下》，二月二十日在《新华日报》发表《拂晓就在黄昏后》，六月十七日在《文汇报》发表《飞扬的尘土》，接着在《上海文学》第八期发表《啊，303》，在《雨花》第九期发表《天空是蔚蓝

---

① 范小青：《安得广厦千万间》，《当代作家评论》1996年第2期；《陆文夫二三事》，《时代文学》1998年第1期；《主编寄语》，《苏州杂志》2005年第4期；《带城桥弄36号——追忆陆文夫老师》，《上海文学》2005年第9期。

② 范小青：《安得广厦千万间》，《当代作家评论》1996年第2期。

的》，在《希望》第十期发表《情满归来路》，在《文汇月刊》第十一期发表《追》，在《青年作家》第十二期发表《蜀道之难》，共八篇短篇小说。

一九八三年

二十八岁。

范小青发表了《诱惑》(《花城》第一期)、《途中》(《萌芽》第一期)、《萌芽》(《人民文学》第三期)、《小巷，路灯在闪亮》(《春风》第三期)、《竹龙》(《启明》第三期)、《毕业歌》(《上海文学》第四期)、《爱的责任》(《芒种》第六期)、《寒夜里的微笑》(《雨花》第七期)、《阿妹》(《文学青年》第七期)、《昨天和明天交替的时候》(《长安》第九期)、《傍山湖，不灭的湖》(《萌芽》第十期)、《迎面吹来凉爽的风》(《青春》第十一期)、《黄灯》(《青年作家》第十一期)十三篇短篇小说。这些小说同质、浅近的缺点相当明显，就像范小青自己后来觉悟到的："八三年六月以前所有的十七个短篇中竟有十四篇是以青年女子的内心世界为主体，且人物十分相近，大凡心地善良、温柔坚强，倒像是一所学校培养出来的一群同胞姐妹，汇起来一读，实在是有千人一面之嫌。”①

一九八四年

二十九岁。

一月，范小青在《雨花》头题发表短篇小说《支部大会如期举行》。十月，参加在无锡县前洲乡举办的江苏部分青年作家作品讨论会，高晓声在讨论会上作了题为《生活·思考·创作》的发言，参加讨论会的还有姜滇、唐炳良、肖元生、薛兵、孙华炳、陆永基、刘振华、赵践、孙观懋、恽新建、李鸿声等，他们均为当时江苏崭露头角的青年作家。

该年，范小青发表的短篇小说还有《在冬天的时候》（《新苑》第二期）、《在山里有一条小溪》（《柳泉》第三期）、《这不仅是一瞬间》（《新创作》第三期）、《石板街上的小屋》（《龙沙文学》第三期）、《空白》（《春风》第四期）、《彩明河畔》（《少年文艺》第四期）、《今天又是星期天》（《希望》第五期）、《黎明默默地来临》（《漓江》第九期）。

从一九七八年到一九八四年，在校读书四年，留校任

① 范小青：《我是谁》，《萌芽》1985年第9期。

教三年，范小青写知青生活，也写大学生和老师的生活。这七年是范小青文学创作的匠徒期，自一九八〇年发表处女作《夜归》至一九八四年，她相继发表了数十个短篇，以知青生活和大学生生活为主要内容。黄毓璜认为“她没有当今暴发的青年作家那般幸运，那般一下场就锋芒毕露、特征耀眼、姿彩殊异，一开始就在艺术的大野上圈出一块属于自己的领地，树起一面标明自己的旗帜。她甚至蹒跚过一条曲径，一段潜辛茹苦的匠徒生涯”①。“她其实有点眼花缭乱，有点东张西望，有点六神无主，有点魂不守舍。”②

当然，范小青呈现的这种“张望”的创作状态也有诸多原因：一方面是她正处于创作初期，混沌未开，文学上的那一“窍”还未凿开；另一方面，也是时代的大背景使然。一九七八年，“伤痕文学”产生，新的文学规范也在逐步建立，但是“阶级斗争”的思维模式仍“死而不僵”，对知识分子依然保留着偏见，对西方文化思想依然采取排斥的态度，所以整个八十年代的文学历史充满了过渡时期的特点。不仅是范小青，当时的很多江苏青年作家都处

---

① 黄毓璜：《现状和前景：范小青的人生小说建构》，《当代作家评论》1990年第2期。

② 同上。

于这种“眼花缭乱”“六神无主”的写作状态，盲目跟风，难以形成自己的创作特色，开辟自己的文学疆土。“他们（指当时的江苏青年作家）知道哪些可写，哪些不可写，看见别人写到什么程度，就跟到什么程度，别人写些什么，他也写些什么，对生活的发现，对生活发掘的深度，都在这个限度以内。应该说，那时候范小青的小说，给我的印象大体上也是这样……”①高晓声认为范小青的作品用力不当且缺乏深度，他用了“敲铁钉”来类比范小青的小说创作：“她写小说好像在敲一只铁钉，可是往往笨拙地让钉尖敲在硬木节疤上，敲了半截便锲牢了，再敲又敲不进去，要拔又拔不出来。不敲则嫌太浅，硬敲又会把钉棍敲弯或钉脖子敲歪，总是有点不惬意甚或尴尬。”②可以说，这一阶段的范小青还是一个文学的匠徒，短于发明、短于创造，但是勤于学习、勤于模仿，不停地“敲铁钉”，“处于一种四面出击、八方探求的状态”③。

“三岁看老”，虽然范小青在创作初期，笔头稍显稚嫩，但是也泄露了一些她日后创作的“天机”。因此，这一时期是范小青文学创作的“匠徒期”，也是“伏脉期”，虽然

① 高晓声：《出了一个精灵》，《瞭望》周刊1989年第4期。
② 同上。
③ 黄毓璜：《简论范小青的小说创作》，《青春》1995年第9期。

高晓声说“从前看她的作品，文字是干净的，思路是清楚的，此外也难说有什么特色”[①]，但其实范小青的创作特色已露出“尖尖角”。

一九八〇年代初，知青小说普遍有一种“重返农村”寻找昨日英雄的抒情倾向。梁晓声的《今夜有暴风雪》、张承志的《北方的河》、韩少功的《远方的树》，引领一时风气，而范小青的作品也在这种“重返农村”的理想主义洪流之中，只不过相对于前者们的“奔腾澎湃”，范小青显得有些“静水流深”。表现在创作风格上，梁、张、韩的作品阳刚，具有英雄气概，范小青的作品则更阴柔。前者的作品是长河落日、骏马草原，而范小青的作品则是小桥流水、画廊曲径。表现在内容上，前者抒发革命激情，而后者则更关注现世情感。在梁、张、韩的作品中，更多的是对理想的追寻，对苦难人生的超越，对英雄主义的赞美，注重的是形而上方面的内容，重返农村，其实就是重返“精神家园”，他们的问题在天上。范小青的“重返农村”，相较于前者就带了更多的烟火气，萦绕在她作品之中的“不是对青春价值的寻找，也不是对昨日英雄的依恋，她注重的是现世情感，她的‘重返农村’是现世生活人与人

① 高晓声：《出了一个精灵》，《瞭望》周刊 1989 年第 4 期。

之间血缘关系、亲情关系的交错合力作用。《夜归》中的‘她’去农村，是因为那里有‘她’死去的丈夫的家，有‘她’的长辈亲友；《诱惑》中的阿娴，抛开了农场的家而随着风潮回了城，却又被农场的丈夫和孩子缠绕得整日神思惶惑，茫然若失，处在这样的亲情撕裂考验面前，她才被迫回到了农场；《萌芽》中的阿琴也是在这种情状下决定留在农村。这些，都不可能是纯而又纯的英雄精神的呼唤和激荡，而是十分现实的人伦血缘关系网络下必然的现实生活情感的运行变化方式，是为了尽快结束现实生活的感情折磨和道德谴责而做出的自我选择”①。

文学时尚、做知青的经历、耳濡目染的苏州文化，形成了对范小青早期小说创作的三重制约，但有阻石才有激浪，这三个制约因素杂糅到一起，反而发生了微妙的“化学反应”，苏州文化的针脚织出了知青小说、青春小说的外衣，实现了一种人世的沉潜和人情的“返回”。如果说，在创作初期，苏州文化之于范小青是一副美丽的镣铐，那么，一九八五年之后，随着《冬天里》《小巷静悄悄》《小巷弯弯曲曲地延伸》《临街的窗》《小巷人家》等小说的

---

① 喻季欣、吴跃农：《“返回”：文化的生命活力——范小青小说精神巡视》，《当代作家评论》1990 年第 2 期。

集中发表，并开始创作《裤裆巷风流记》，范小青的小说创作进入第二阶段，苏州文化就成了她的舞具。此时的范小青"开始摆脱附庸随从的创作心态，在苏州的小巷寻找自己的立足之地，开始不慌不忙、不动声色地结构经营属于她自己的小巷苏州了"①。

一九八五年

三十岁。

范小青加入中国作家协会，年初"改行"，离开工作三年的苏州大学，调入江苏省作家协会，从事专业创作。"就是因为喜欢写作。写作刚起步的时候，心情特别着急，希望全身心地投入，希望有更多的时间和精神的自由。在高校当老师，尤其是刚刚留校的青年教师，压力挺大，要钻研业务，要当辅导员，要进修外语等等，而且在高校工作，文学创作的成果是不能算成果的，所以当时特别希望能够当上专业作家，非常幸运的是，正好有了这样的

---

① 喻季欣、吴跃农：《"返回"：文化的生命活力——范小青小说精神巡视》，《当代作家评论》1990 年第 2 期。

一个机会。”①

是年，她以惊人的爆发力发表了《临街的窗》（《太湖》第三期）、《人与人》（《青海湖》第三期）、《小巷静悄悄》（《雨花》第三期）、《交叉点上》（《当代小说》第三期）、《小巷弯弯曲曲地延伸》（《福建文学》第三期）、《冬天里》（《文学青年》第三期）、《孕育》（《江南》第三期）、《哦，丁丁》（《中国作家》第四期）、《大楼与小屋》（《萌芽》第五期）、《灯火阑珊处》（《小说潮》第五期）、《白夜》（《鸭绿江》第八期）、《嫁妆》（《人民文学》第八期）、《明天厂休》（《希望》第八期）、《春雨秋雨》（《延河》第九期）、《拐弯就是大街》（《青春》第九期）、《小巷尽头》（《奔流》第九期）、《过界》（《小说导报》第九期）、《你越过那片沼泽》（《小说潮》第十期）十八篇短篇小说，并在《芙蓉》第六期发表了第一部中篇小说《生子当如》。创作的同时，范小青先后挂职担任居民委员会主任和沧浪区区长助理，对“苏州”的城市肌理、风习、品性以及市井细民的日常生活有了更深入的了解。

---

① 李雪、范小青：《写作的可能与困惑——范小青访谈》，《小说评论》2010 年第 5 期。

一九八六年

三十一岁。

范小青有《小巷人家》(《草原》第一期)、《春天里的烦恼》(《山东青年》第一期)、《开张之喜》(《织女星》第一期)、《桑葚儿红了桑葚儿紫了》(《崛起》第二期)、《在那片土地上》(《太湖》第三、四期)、《唉,小巷里的那口井》(《作家》第四期)、《与谁同坐》(《文学青年》第七期)、《太阳照在西墙上》(《福建文学》第七期)、《这般的生这般的死》(《北京文学》第十二期)九篇短篇小说和《夏天不是收获的季节》(《大众文学》第一期)、《银桂树下》(《钟山》第三期)、《多事之夏》(《百花洲》第三期)、《山在水的那一边》(《柳泉》第五期)四部中篇小说发表。

一九八五、一九八六年,是范小青小说创作的转变时期,在范小青整个文学创作中具有过渡意义。这两年,她以创作中短篇小说为主。范小青已经意识到自身创作的局限,并希望"找到一个真正的、独特的并且又是不断完成的'我'"①。恰逢"寻根文学"大炽,中国文学地理大发

① 范小青:《我是谁》,《青春》1985 年第 9 期。

现，作家纷纷重新勘探和审视各自熟悉“地方”的地域文化。而范小青熟稔的“苏州”也因缘际会被激活。她此时的地域文化小说呈现出内潜、外化的特点。

在谈到她的作品《过界》时，范小青说：“甘于寂寞是一件很痛苦的事情，可是我却无意去挖掘那些隐秘的陌生的‘根’，也不敢去探索那些不属于我的世界，我没有很大的本事，我很清楚，我只有老老实实地写实。《过界》大约就是一篇老老实实写实的作品吧……因为由于社会环境和生活条件造成了这种不正常不理想的人际关系，不应当一味地苛责人们的‘小市民气’‘小家子气’，而对那些‘眼界窄小’的人们，我是从同情到理解，又从理解滑到偏爱和宽容上去了。在我的另一些写苏州人的作品中，恐怕这种偏爱的倾斜度还要更大一些。”①“无意去挖掘那些隐秘的陌生的‘根’”“不敢去探索那些不属于我的世界”“老老实实地写实”，在范小青的意识里，寻根不是猎奇、冒险、展览。正是抱着这样的创作理念，范小青开始款款叙说她的苏州城。水巷石桥，旧宅废园，青砖黛瓦龙脊，开着豆腐干天窗或者老虎窗的年代久远的苏州民

① 金梅、范小青：《文学创作的现实意识与超越意识》，《文学自由谈》1987年第5期。

居，这些都是苏州这个繁华旧都会的记忆。但“阡陌不移旧，邑屋或时非”，那些盛世繁华梦中的达官显贵、王公巨贾早已是前朝往事。城头变幻、旧时堂前，小日子还是一如往昔地过着。而这样的日子一去经年，子继孙承，就是一座城市的性情，一座城市的传统了。

范小青寂寞而甘于寂寞地沉潜到苏州这座城市的“性情”和“传统”中。喻季欣、吴跃农说：“范小青的地域文化小说是这个意义上的寻‘根’小说。在她笔下的小巷生活中，最广泛而鲜明的心态显然是一种文化古城中停滞积厚的小巷心态，这样的小巷心态，是一种力求安稳闲适、不事竞争的中国传统文化为基调，而又与苏州小桥小巷的逼仄吻合的短视退缩、不思进取、但求安逸的平庸格调为浓重色彩的混成结构。”①

这种往回走、往里收的姿态，也让范小青的创作显得更为镇定，更为从容。沉潜到一定程度，范小青触碰到了苏州地域文化真实的质地，完成了对苏州文化的挖掘。喻季欣和吴跃农肯定了范小青这一时期对苏州区域文化的开掘，认为：“范小青近期小说的文化依托构架越来越

---

① 喻季欣、吴跃农：《小巷风情的文化指向——范小青近期小说阐释》，《小说评论》1990年第1期。

显明，她不把历史——政治——道德的直接阐释介入小说，而是以她对生活的感受为基点，以特定区域文化为背景，通过她女性清纯而绵长的艺术编织，让生活自身表现出她思索后的有意味情致。这样，她小说的价值取向就处在一种十分浓厚的意蕴之中。《太阳照在西墙上》就是这么一个生活画面……这里，范小青在小说中几乎不表露出作家的主观意念，而完全是以生活片断中情绪交织的生活底蕴。这样，她的小说就不会从外在于小说的历史——政治——道德的跨度和背景中去推导答案，而是对即时生活迅即作出的一种在苏州区域文化范围内的开掘，观照和回味。”[①]范小青沉潜到苏州城，“铁钉子”钉对了地方，好像找到了她一直在寻找的文学上的“金钥匙”，但范小青的野心不限于此。

范小青的小说内敛，是能够自给自足、自我生长、自我滋养的文本，但同时又有着一定的生发性和扩张性。喻季欣、吴跃农说：“从一九八五年开始，她的小说陡然一变，向‘外’转化：她立足于苏州小桥小巷，在一种地域文化的辐射圈内，寻求小巷生活与社会及整个民族文化共

① 喻季欣、吴跃农：《小巷风情的文化指向——范小青近期小说阐释》，《小说评论》1990 年第 1 期。

振的频率和不和谐变音，探索生活指向和时代精神。这种'外化'，实则是她摆脱外在技巧而走向塑造人的更阔大更深层的文化背景，透视和历史现实观照。"[1]正如金梅对范小青这段时期发表的一系列作品的评价："尽管有些篇章是在描写着其他的生活和人物，但写得较多较集中的，也还是'小巷风情''市民生活'和活跃于街头巷尾、各式门洞里的妇女。虽然您写的是'小巷风情'和'市民生活'，但绝非一般的人情画、风俗图，更不像某些标榜'寻根'的作品那样，充其量，只不过是在展览着落后的风习、惨淡的人情，不同时空的变易，或以偏概全地把民族传统与原始愚昧混为一谈，常常给人以'问今是何世，乃不知有汉，无论魏晋'之感。"范小青的小说"则充满着鲜明的现实感和时代色彩。通过描写，从所熟悉的一些侧面——'小巷风情'和'市民生活'中，或隐或显地透露着当代中国的折光"[2]。相比于其他寻根小说，范小青的苏州文化小说更具有时代精神和现实意义。

有意思的是，这一时期的范小青的文学创作并不只

① 喻季欣、吴跃农：《小巷风情的文化指向——范小青近期小说阐释》，《小说评论》1990 年第 1 期。

② 金梅、范小青：《文学创作的现实意识与超越意识》，《文学自由谈》1987 年第 5 期。

是单一地叙述苏州城、苏州人、苏州“根”，还呈现出寻根小说和知青小说、“我城”和“我乡”相互缠绕的特点。

范小青的系列小说《在那片土地上》讲的是一组插队故事。从一九八六年到一九八八年，断断续续地发表在《太湖》《红岩》《天津文学》和《雨花》上。这一组小说发表的时候已经错过了插队故事的鼎盛期，而且也少了一九八〇年代插队故事集体性的青春无悔，对大地、人民感恩这些知青文学核心元素。因此，很少看到在谈论中国新时期知青文学时提到这一组小说。但放在今天来看，无论对于范小青的《赤脚医生万泉和》，还是对整个知青文学，这组小说都是值得研究的。范小青回到他们这一代的“我乡”——插队或者下放地，写出的是她不似他人的自己的一片土地。从这种意义上来讲，应该把这作为文学史上独特的范小青“我乡”世界。范小青的“我乡”，各种力量在这里纠缠、角力。事实也是这样。近现代中国，乡村从来就是各种政治力量、各种文化势力争夺的前沿阵地。这也是现代文学不断书写的主题。

值得一提的是，在《在那片土地上》这组小说中，范小青热衷讲述一个个鬼故事。范小青善于讲鬼故事。这些鬼故事有阴阳之隔，却没有城乡之分。《大通桥》中，“都知道大通桥这几年不太平。说是入夜石桥栏上便有三几个怪物坐着,叽哩叽哩叫唤,扑通扑通往河里跳,见水花"。乡下人说:"那东西天天出来,在夜里那桥是它们的。"《过客》讲述一个诡异的故事,一个坟堆里遇到的女孩子,来了又忽然去了。《中和党》讲了一个鬼附体复仇的故事,《代销店》同样讲述了一个鬼报复的故事。《过年》说的是腊月二十四鬼们过年的日子,知青渡船出事。《鬼话》则讲述知青扒坟头招致鬼摇床。《讲用》中,知青陶惠因为讲了另外一个死去的女知青的故事,死去的女知青变成女鬼讨心。

"谈鬼物正像人间"一直是处在边缘的中国传统小说介入现实的曲径。中国人对鬼世界的想象和敬畏,使鬼世界成为人世界的规约和承诺。问题的关键是,范小青"我乡"鬼故事发生的时代,是一个不怕鬼被肯定和激励的时代。鬼不但不可怕,而且怕不怕鬼被赋予了意识形态的隐喻意义。在那本著名的《不怕鬼的故事》的序中,何其芳写道:"人只要不怕鬼,敢于藐视它,敢于打击它,鬼就怕人了。不要怕鬼,这不但可以作我们战略上藐视帝国主义和一切反动派的比喻,而且还可以扩大这个比喻的内容。"①

---

① 何其芳:《不怕鬼的故事·序》,北京:人民文学出版社,1978 年版,第 2 页。

因此，当代中国，范小青的“我乡”鬼世界正遭遇到前所未有的惊扰、质疑和瓦解。惊扰、质疑和瓦解它的有知识青年的“知识”，也有时代意识形态的“政治”。这样的惊扰、质疑和瓦解中潜藏着的是“我乡”传统乡村生态的溃败。系列小说《在那片土地上》的鬼故事书写的是当代中国的“驱鬼”运动，结果却往往是鬼世界对人世界的征服，对意识形态和知识的反制和瓦解。范小青《在那片土地上》的鬼故事对中国乡村世俗空间的思考，在许多年后，以另外的方式出现在《赤脚医生万泉和》中。

一九八七年

三十二岁。

该年，范小青在《红岩》第四期、《天津文学》第三期发表系列短篇小说《在那片土地上（二、三）》，在《春风》第三期发表短篇小说《鸭来桥闲话》，在《女作家》第四期发表短篇小说《冬至夜》，在《湖海文学》第八期发表短篇小说《饮马河》。同年，最重要的收获是作家出版社出版了范小青第一部长篇小说《裤裆巷风流记》，该小说二〇〇六年由春风文艺出版社再版。同年，《文学自由谈》第五期刊登了金梅对范小青的访谈《文学创作的现实意识与超越意识》。

《裤裆巷风流记》是范小青树立自己的风格，同时初步确立自己在当代文学格局一席之地的重要作品。樊星在评价《裤裆巷风流记》时说："从她一九八七年写成并发表的长篇小说《裤裆巷风流记》开始，她默默地开创了'苏味小说'的新局面。"①

苏味小说主要是指以上海、苏州为背景，以吴语写作的小说。在中国小说史上，吴语小说占有一席之地。它起于宋元，兴起于清初，盛于晚清，代表作有韩邦庆的《海上花列传》、张春帆的《九尾龟》等，多属于"狎妓""艳情"一路。"五四"之后，这一流脉又在"鸳鸯蝴蝶派"那里得到延续，"苏味"仍活跃在此类作家的小说创作中，如朱瘦菊的《歇浦潮》、张恨水的《啼笑姻缘》、秦瘦鹃的《秋海棠》等都夹用了不少的吴语词。后来由于国语运动的兴起和语文规范化，加之"革命文学"思潮对"鸳鸯蝴蝶派"文学的打压，吴语小说逐渐走向式微。

而随着当代陆文夫、范小青的崛起，"苏味小说"又被注入了新的活力，产生了"新苏味小说"。陆文夫，又被称

---

① 樊星：《"苏味小说"之韵——陆文夫、范小青比较论》，《当代作家评论》1993 年第 2 期。

为“陆苏州”，因其小说具有苏州的地域文化色彩而在中国文坛独树一帜。“苏味小说”接力到他是一变，他“将小说的笔触从传统的才子狎妓、鸳鸯蝴蝶转移到写新人新事，从而使‘青楼梦’‘繁华梦’的主题转变为‘歌颂社会主义新人’给‘苏味小说’注入‘问题与思想’”①。但陆文夫的“苏味小说”由于“干预生活”的意识过于强烈，执著于“问题”，在苏州的文化、民俗上用力不够，苏州方言也并未在小说中得到有效运用，所以其“苏味”并不浓。“苏味小说”发展到范小青又是一变。但说是变革，倒不如说是范小青接过了陆文夫“苏味小说”革新的大旗。

陆文夫文学观念的革新大体有两个层次：一个是“问题小说”；一个是“文化小说”。以其代表作《小巷人物志》为例，里面的大多数篇章都是“问题小说”，以往的“苏味”小说的味道是腥腻的，陆文夫的“苏味”小说则一改此种腥腻，散发出一种苦涩的味道，他“着力从苏州小巷中发掘的不是美，而是荒诞与苦涩”，对“苏州文化中不健康的、负面的意识和观念”②进行审视。但后来，陆文夫逐渐意识到这种“问题文学”并不是真正的文学，他说：“我

---

① 樊星：《“苏味小说”之韵——陆文夫、范小青比较论》，《当代作家评论》1993年第2期。

② 同上。

们这一代人太过忧国忧民，一看到现实社会有什么问题，就在作品中反映……其实我对苏州各式各样的民间行业很熟悉，也很有兴趣……我也想向民俗这方面发展，写出真正的文学。”[①]抱着这样的文学观念，他写出了自己最成熟的作品——《美食家》。但创作《美食家》之后，陆文夫并没有沿着这条“文化小说”路子走下去，《美食家》遂成孤篇绝响。沿着《美食家》这条路走下去的，是范小青。

范小青是“文革”后成长起来的作家，像陆文夫一样，文学观念也经历过由“问题小说”到“文化小说”的转变，只不过相对于陆文夫，她转变得更为彻底也更为稳定，其小说被深深打上了苏州地域文化小说的印记。《裤裆巷风流记》是她的“新苏味小说”的开山之作，以苏州小巷平民的日常生活为题材，既不同于传统的“苏味小说”主打艳情，又对陆文夫有所超越。

具体表现在对苏州城市风景画、民俗风情画的描写，对苏州方言的运用和对苏州文化精神的体认上。

范小青说：“我不想夸耀或者诋毁苏州，可我喜欢苏州，喜欢苏州的小巷，也许因为我身临其境。我的窗前，一片低矮的年代久远的苏州民房，青砖黛瓦龙脊，开着豆

① 施叔青：《陆文夫的心中园林》，《人民文学》1988 年第 3 期。

腐干天窗，或老虎窗；我的屋后，被污染了的水巷小河，古老而破陋的石桥，残缺不齐的石阶……”①对自己地域身份的认同，让范小青获得了仔细打量苏州这座“古老而美丽的城市”的眼光。《裤裆巷风流记》中“穿插着写裤裆巷的由来与传说、苏州小巷的格局、茶的讲究、评弹的‘糯答答软绵绵’、园林的‘小巧玲珑’‘清静幽雅’……一幅幅生动传神的风景画”②。而范小青的眼光不仅停留于城市风景，还流连于民俗风情上。范小青在《裤裆巷风流记》引言中写道：“苏州人杰地灵，苏州历来以帝王将相、才子佳人而闻名，无数文人骚客留下的文章典籍，大都以他们为主体。然而，帝王将相、才子佳人只能是苏州极小的一部分，苏州的绝对量是芸芸众生、市井小民，是他们的喜怒哀乐。”③在《裤裆巷风流记》中，范小青把写作视线下移，专注于底层人民以及发生在他们身上的一系列生活事件、社会习俗、人情世态。“在我的这第一个长篇里，他们拥挤到我的笔下，我无法抗拒。我试着把他们平淡的

---

① 范小青：《后记》，《裤裆巷风流记》，天津：天津人民出版社，2011年版。

② 樊星：《“苏味小说”之韵——陆文夫、范小青比较论》，《当代作家评论》1993年第2期。

③ 范小青：《引子》，《裤裆巷风流记》，第1页。

却又是充满活力的生活写出来。”[①]小说没有贯穿始终的故事情节，也无集中刻画的中心人物，我们看到的是接连不断在变换的一系列生活场面和生活细节。

这很容易让人联想到《清明上河图》。其实不止是《裤裆巷风流记》，范小青的很多作品都是这种“清明上河图式”的，直白来讲就是世俗风情画。范小青是小说家，张择端是画家，但是两人用笔却有异曲同工之妙。《清明上河图》构图宏大，用笔谨严细致而不嫌琐碎，于细微处见风情万种，《风流记》也如此。小说中描写的几户人家，仿佛就在一幅画中生活，从这平凡的日常活动中渗透出诗情画意。小说名曰《裤裆巷风流记》，“风流”在现在不是好词，好比“风骚”在现今的待遇，特别是再加上“裤裆”一词，不免让人觉得下作，殊无美感，但读罢《风流记》，便可知此“风流”非彼“风流”。观《清明上河图》，但觉满纸风流，让人遥想当年汴京繁荣景象，歆羡宋人生活，而《风流记》也如此。通篇没有什么中心事件、中心人物，仿佛一卷长长的卷轴，从容展开，一卷一景，波澜不惊，却好似能听到吆喝声、小桥流水声、摇橹声、妇女泼水声，也许，从范小青定下小说名的那一刻起，她就下定决心，要潜入

---

① 范小青:《后记》,《裤裆巷风流记》,第 279 页。

苏州的日常，向世俗的河流漫溯，告别江南文人笔墨下的传统美感，也可能她已经意识到了，日常就是美感。

范小青在小说中运用苏州方言——苏白也是别具匠心。历代苏味小说，苏白的运用多有不同。《海上花列传》的人物对白全用苏白，叙事采用官话。张春帆的《九尾龟》，让客人讲官话，让妓女讲苏白。张恨水的《春明外史》，全是官话，妓女有时讲苏白。后因运用苏白的小说使人难以卒读，苏白小说渐渐湮灭。而范小青却比先人走得更远，甚至更彻底。旧苏味小说只是谈话用苏白，记叙的部分仍用官话，范小青的“苏味小说”则是人物对白及叙事兼用苏白，不仅如此，范小青在小说中“还十分注意叙述的语调，人物对话时候的情态、声口，相互间思想感情碰撞、交接、交流时的反应，以及吴语区域中人们表情达意时特有的语言方式，以渲染出日常生活所具有的氛围和情调。叙述语言与人物语言的对应相谐，不仅保证了整部作品在语言上的圆融一致，也从一个方面，使我们看到了与小说人物一起生活和思考着的作者的身影与情感。当然，呈现出来的是具有了美学价值的原生态式的生活”①。

---

① 杨守森:《缺失与重建——论 20 世纪中国的文学批评》，《中国社会科学》2000 年第 3 期。

《裤裆巷风流记》是一部“地域文化小说”，它不仅写出了苏州的地理和人文，更写出了“苏州人”的精神气质。在小说后记中，范小青说：“苏州人从来都是小家子气的，我也是小家子气的。应该培养自己的大气，却不能伪装自己。当我还没有练就三昧真气，还缺乏大家风范的时候，我就是我，小家子气的，不时露出些小市民的本相，乡下人兮兮的，并且不以为羞耻，不知道这是不是苏州人的特点。似乎，苏州人津津乐道于小康，而我则沾沾自喜于小家子气，人们难免担忧，如此，社会怎么发展？人类怎么进步？其实，这是一种错觉。是的，苏州人没有梁山好汉的气魄，可苏州人有精卫填海、愚公移山的精神，苏州人从来就没有停止过他们的追求，他们的奋斗。自三国时期佛教传入苏州，对苏州民风影响颇大，有人认为苏州人佛性笃甚，这话自然是褒贬兼之。我以为，佛性与‘韧’，似乎是有联系的。苏州人是很韧的……在我的这第一个长篇里，他们拥挤到我的笔下，我无法抗拒。我试着把他们平淡的却又是充满活力的生活写出来。”①

评论家王干认为：“《裤裆巷风流记》和《个体部落记事》的写作，似乎改变了范小青原先的思维方向和思维结

① 范小青：《后记》，《裤裆巷风流记》，第 279 页。

构，在经历了二三百万字的文字之役以后，范小青好像一下子悟出了小说之道，她突然长大了，成熟得让人有些吃惊。”①

一九八八年

三十三岁。

九月，《雨花》第九期开始发表范小青的系列小说《在那片土地上》，同时配发了朱君、陈其昌的评论《范小青小说艺术管窥》。十一月，《当代作家评论》第六期以“评论小辑”的形式发表了金梅的《地域文化小说〈裤裆巷风流记〉》、王菊延的《都市风貌的艺术关照〈裤裆巷风流记〉读后》，此后数年《当代作家评论》这家中国当代重要的文学评论刊物持续地对范小青的阶段性和整体性创作（一九九〇年第二期、一九九三年第二期、二〇〇四年第五期、二〇〇八年第一期）以及《女同志》（二〇〇五年第六期）、《赤脚医生万泉和》（二〇〇七年第一期、二〇〇九年第六期）、《香火》（二〇〇一年第三期和二〇一二年第三期）等

① 王干：《意义丧失之后——范小青近作拆析》，《文学评论》1990年第4期。

重要作品以“评论小辑”的形式进行追踪式的集中评论和研究，卓有成效地推动范小青评论和研究的不断深入。

同年，《裤裆巷风流记》被改编成同名八集电视连续剧拍摄并播出，该剧随后于一九九〇年获飞天奖二等奖、全国改革题材优秀电视剧奖。《当代电视》在一九八九年的第二期和第三期分别发表了徐平欧的《市井风情画——电视连续剧〈裤裆巷风流记〉导演阐述》和朱卫国的《愿电视剧作品更多地发扬“阿惠”风格——看〈裤裆巷风流记〉致原作者》。

该年发表的《瑞云》(《文艺报》九月十日)是范小青第一个引起文学界广泛关注的短篇小说，也是其整个文学创作中第一个堪称经典的短篇小说。“一来因为发在《文艺报》，文学圈子里看的人多，还因为它在一个动荡的时代大背景下写了一个安静的不为任何外力所影响的苏州女孩，给人留下比较深的印象。”[①]除了《瑞云》，本年度范小青还发表了《可过桥》(《天津文学》第一期)、《喇叭飞》(《崛起》第一、二期)、《在那片土地上》(《雨花》第十期)和《身份》(《苏州杂志》创刊号)四篇短篇小说。同年，春风文艺出版社出版了范小青的第二部长篇小说《个体部落记事》。

---

① 范小青和张德明对话。

“出了一个精灵”，是高晓声对一九八八年范小青小说创作的整体评价。高晓声觉得这一年范小青比之于匠徒时期的范小青，“写小说大有长进，甚至可以说是脱颖而出，有点超凡的气派了”。“在她的笔底下写的虽然明明是一些平凡的生活和平凡的人物，她却敢于给它们涂上传奇的甚至是神秘的色彩……其次，范小青对于生活的剖析，已经不再像从前那样在硬木节疤上敲钉，却像一个熟练的针灸医生捻着根银针，可以在人体上随意找到下针的穴道了，她已经能够把生活的泥握在手心里随意捏出种种艺术品来……范小青写这些小说的时候，她就是一块清虚石，浑身九十二个窍，窍窍都飘出袅袅的云雾来。”①

一九八九年

三十四岁。

五月，《钟山》第三期开辟“新写实小说大联展”，倡导“新写实小说”，随后第四期的该栏目推出范小青的《顾氏传人》。小说被《小说月报》第十一期转载，并于次年获

---

① 高晓声：《出了一个精灵》，《瞭望》1989年第4期。

《钟山》文学奖。除此之外，范小青还发表了《沧浪之水》（《山东文学》第五期）、《灰堆园》（《时代文学》第五期）、《真娘亭》（《天津文学》第八期）、《记忆》（《雨花》第十期）、《伏针》（《上海文学》第十一期）、《人与蛇》（《上海文学》第十一期）等短篇小说，在《上海文学》第五、第十一期发表了中篇小说《光圈》和《栀子花开六瓣头》，其中《光圈》被《小说选刊》第八期转载，并获得《上海文学》奖，《栀子花开六瓣头》被收入阎纲等编《1989 中篇小说选（第二辑）》（人民文学出版社，一九九一年版）。

该年，范小青的第三、第四部长篇小说《采莲浜苦情录》和《锦帆桥人家》分别由百花文艺出版社和上海文艺出版社出版，这两部长篇小说连同已经出版的两部长篇小说《裤裆巷风流记》和《个体部落记事》被研究者命名为“文化小说”①。该年也是奠定范小青作为重要小说家的一年，范小青作为“新写实小说”代表作家的身份被文学界确认。同年，王菊延在《文学自由谈》第三期发表了评论《人生感悟的艺术传递——读〈个体部落纪事〉》。

评论家王尧认为：“从评论界接受范小青的热情与认

---

① 何镇邦：《〈女同志〉：范小青小说创作的新路标》，《扬子江评论》2007 年第 5 期。

可程度来说,第一个高峰应当是八十年代中后期。这个时间,范小青已经写出了《瑞云》《光圈》《顾氏传人》等中短篇小说,而此时,正是批评界对八十年代文学进行了最后一次集体命名:'新写实小说'。批评界在'新写实小说'思潮中接纳并且比较高地评价了范小青当时的小说创作。"①

范小青先后经历过伤痕文学、知青文学、寻根文学等文学思潮,但好像每次都是"貌合神离",这一次以"新写实主义"代表作家的身份登台亮相,也是她和二十世纪八十年代以来的文学思潮最贴近的一次。"贴近"在评论家那儿是一个形容词,在范小青那儿却是一个动词。她为什么在地域文化小说写得驾轻就熟的时候,又笔锋一转,转到"新写实主义"小说的创作之中了呢?文学评论家王干说,"新写实小说是妥协的产物,是传统现实主义与先锋文学相互妥协、相互渗透的结果"②,而放在范小青身上,与其说是妥协,不如说是一种主动求变。范小青涉足"新写实主义",不是盲目地附庸跟风,她说:"像我们这样一些作家,写不来新潮小说,但又不能在现实主义的老路

---

① 王尧:《转型前后——阅读范小青》,《当代作家评论》2008 年第 1 期。

② 丁永强整理:《新写实作家、评论家谈新写实》,《小说评论》1991 年第 3 期。

上一直走到底，所以尝试清新的写法，写生活。”①

那么范小青所说的“清新的写法”是什么呢？也就是，新写实小说新在何处呢？它又呈现出什么样的文本特征呢？显著的特点之一就是情感的零度介入。

范小青的《真娘亭》被文学界作为零度写作的新写实范本来解读，故事讲了一起发生在真娘亭的凶杀案，开早点铺的纪苏明杀死了税务部门的干部马长军。虽然文章讲述的内容是一桩血淋淋的凶杀案，但是作者并没有追求情节的扑朔迷离和叙述的引人入胜，她轻易就揭开了谜底。文章分三部分，分别以纪苏明（杀人者），经常在早点铺买油条的医生吴秀（旁观者）和马长军的妻子傅玲玲（受害者家属）为视角，来全方位叙述这个谋杀案的起因、经过和结果。这种多角度的叙述方式，导致了作者在小说中的态度却非常暧昧——既没有对杀人者的批判，也没有对死者的同情，甚至文章最后因为杀人者被怀疑有精神病被“免于起诉，这案子就撤了，不成立了”。范小青也没有让死者的家属表现过度的悲伤——死者的妻子说：“马长军的事，过去就过去了吧。”这种叙述正是新写

① 丁永强整理：《新写实作家、评论家谈新写实》，《小说评论》1991 年第 3 期。

实的特征之一——情感的零度介入。作者用毫不介入文本的方式，让小说人物在小说里出入，面目和情感都格外模糊。范小青说："我对生活也没有什么新的见解，没能力也没欲望干预生活，所以干脆放弃思想，写生活本身，写存在，不批判、不歌颂，让读者自己去思考、评价。生活就是目的。"[①]放弃对生活的干预而只是写生活的本身，这可能是范小青选择零度写作的思想根源，也是新写实作家的写作态度。

王干认为，关于情感的零度介入，范小青与其他女性新写实的作家是有区别的："范小青的新写实又与其他新写实的女作家不同，以零度的情感状态进入小说操作是组织小说的重要前提，这在刘恒、叶兆言、刘震云等男性作家那里也许算不上最难的，但对于善于捕捉情感波澜、擅长人物心理描写的青年女作家来说并不容易。方方的《风景》、池莉的《烦恼人生》、谌容的《懒得离婚》虽然正视生活的负面，但仍抑制不住那种出自天性的情感的流露，方方的感伤，池莉的烦恼，谌容的无可奈何，都在小说中成为一种旋律和基调。从某种程度讲，这正是女性作家

---

① 丁永强整理：《新写实作家、评论家谈新写实》，《小说评论》1991年第3期。

的一种特性。可范小青居然以一种超然物外的'局外人'的口吻不动声色地对待她笔下的男人和女人,不悲不伤,不喜不忧,不冷不热,似乎忘记了善恶的存在,也似乎没有美丑的标准,甚至性别意识也淡化到极限。"①

不同于王干,施战军认为:"在这个创作潮涌的始终,她都不是那种缺少选择的本相琐事的堆积者,在'世情'的写照方面,范小青的小说在'世俗'的里头,并不是当时的理论阐释者们以'零度写作'所能笼罩的,她尊重人间生活的本来逻辑和平民日常的脾性,未受任何理论纷扰地带着人之常情和本然的人际伦理,'世'与'情'没有区隔,血肉一体。"②

所以我们看到,在范小青这个时期的小说中,所写众生芸芸,他们各安其生,顺天认命,如流水落花,兀自地流,兀自地落。"瑞云的日子过得很平静,每天除了早晚在庭院里和大家讲几句话,其他时间就坐在裁缝铺里做针线活,连个说话的人也没有。"(《瑞云》)"在白天漫长的时间里,纪苏明就在真娘亭的石条凳那里泡一杯茶,放一

① 王干:《意义丧失之后——范小青近作拆析》,《文学评论》1990年第4期。

② 施战军:《当代世情小说之翘楚——范小青论》,《扬子江评论》2009年第1期。

盒烟，悠悠地坐着。”(《真娘亭》)不仅仅是瑞云和纪苏明，说书、行医、教书、裱画、摆摊，只要没有大的变故，“我城”的传人就会一代接着一代地过着这样的“日脚”。就算有大的变故，大到山河变色、家族式微，顾家小姐们也礼数周正、从容迎拒(《顾氏传人》)。大到杀人偿命，“刘陵没有说什么，悄悄地退了出来。这时候，他突然想到，要给小毛头物色的不应该是一个保姆，而应该是一个妈妈”(《沧浪之水》)。“虽然是一座民风笃雅的小城，杀人的事也是发生过的，所以事情过去以后，也就过去了。”(《真娘亭》)这座历史上的暴动之城和隐士之都，经过了太平天国的劫难，似乎彻底地去除了它惨烈的火气，而藏掖着隐逸的余风。近现代中国，六十年的光阴是多少的风云变幻，“钱三官在六福楼的一个位子上坐了六十年”(《六福楼》)。虽然“苏州人是顶喜欢看西洋景、轧闹猛、瞎起哄”(《裤裆巷风流记》)，而乐道小康、秉持操守、延传德行，从容自尊地过自己的“日脚”却依旧是这座城市的根性。

范小青新写实小说的另一个特点是对小说主题意义的消解。然而消解意义并不是让小说不具备意义，范小青说：“小说写凡人小事，琐碎的细节，表面上无甚意义，但我觉得在骨子里还是有内容的，只是这些内容不像过去的主题那样集中，直露，而是分散在全文中，小说的深度意义不能概括出，我自己也说不清。”①

以《顾氏传人》为例，它有家族小说的题材和近百年的时间跨度，然而范小青并不瞩意于将《顾氏传人》像《白鹿原》等家族小说那样就将故事置于历史背景中写得波澜壮阔甚至有传奇性的色彩。“《顾氏传人》实际上使范小青的创作经受了一次非常偶然的考验。她从来没有写过这样很容易受‘家族故事’诱惑的中篇小说，这是迄今唯一的一部，不过，她抵制住了这种诱惑。”②她写顾家的凡人琐事，顾尧臣、顾允吉、钱宝珠、顾芝兰、顾芸香、顾芬菲、顾蔓菁、老汪都如历史的尘埃，是一连串面目模糊的人物。顾家的几位小姐和顾允吉经历了历史的大风大浪，致家破人亡，最后依旧在顾宅过自己的太平日脚。“现在有了一方自己的安逸世界，可以不听外面的闲话，可以不看外面的混乱，正合她们的心意，平常日脚，小天井中的门是关紧的。”(《顾氏传人》)即使偶有波澜，如从前的下人老汪和二小姐的黄昏恋，戆大顾允吉的婚事，也皆是寻常巷陌的小老百姓的家长里短。而这些琐碎的家

---

① 丁永强整理:《新写实作家、评论家谈新写实》,《小说评论》1991年第3期。

② 费振钟:《分离的价值——范小青近期小说论》,《上海文学》1990年第8期。

长里短也许不是历史的意义的全部，却是现实的一种，这种消解历史重大意义的写作方式正是当时一大批的新写实作家所努力寻找的一条感知现实的蹊径。

那么，范小青重建的触摸现实纹理的途径是什么？一是王尧所说的："范小青的方式不确切地说也许是我们面对世界最好不要做什么。在范小青这儿，客观的东西被抬到至高无上的地位，这儿没有理性的深度模式和人工逻辑上的故事模式，也没有人为的陌生化的形式操作，只有现实在自然自在地流动，人物在自由自在地活动，没有人去打扰他们，去询问他们，所以，他们并无被动的驱役，也无需打开自己的心扉。"①二是范小青自己坦言的："我的小说也是有故事的，只不过它们常常是散状的，开放式的，不走圆的故事，或者是几个故事交叉着的，又或者是几个故事都隐在故事的背后，这是我比较喜欢的写作方式。"②内容上放弃主观的介入和结构上追求散状开放式写法，这种方式导致了如果我们探求这类小说的主题，也许将徒劳无功。

新写实在文坛曾轰动一时，很多作家身处大潮之中

---

① 晓华、汪政：《范小青的现在时》，《当代作家评论》1990 年第 2 期。

② 李雪、范小青：《写作的可能与困惑——范小青访谈》，《小说评论》2010 年第 5 期。

还是保持了警惕的心理，比如叶兆言曾坦言："新写实是被评论家制造出来的，前几年文坛太冷清了，于是便制造出这么一种文学现象，热热闹闹，使人们对文学重新感到兴趣，新写实是评论家和读者的事，作者要站稳立场，不能被这些热闹的景象所迷惑。"①范小青也认为："我怀疑到底存不存在新写实。"②到了后期，新写实越来越指向人欲望，于是，范小青便与新写实渐行渐远。

范小青引起评论界关注的还有她小说中的神秘主义倾向。范小青笔下苏州的寻常巷陌是有一股神秘主义的气氛萦绕的，她用空灵的笔触触及苏州文化中神秘的部分，这也是她与一贯写实的陆文夫不同的一方面。《瑞云》中白天毫无奇特夜晚却现诡异的瑞云石。《顾氏传人》中戆大顾允吉在深夜激动地看着的汲云井冒出大团的云雾。《裤裆巷风流记》中裤裆巷风水败了名声便臭了，关于九头鸟叫要触霉头、墙龙上屋要见血光的说法都让人心神不安。苏州这座古城的精神中浸染了千百年来佛教文化的底蕴，范小青在《裤裆巷风流记》的后记中写道："自三国时期佛教传入苏州，对苏州民风影响颇大，

---

① 丁永强整理：《新写实作家、评论家谈新写实》，《小说评论》1991 年第 3 期。

② 同上。

有人认为苏州人佛性笃甚，这话自然是褒贬兼之。我以为，佛性与‘韧’，似乎是有联系的。”[①]所以范小青在开掘苏州地域文化的时候，不可避免地会受到佛教文化的影响。

故此，范小青的神秘主义总带有空灵和无为的禅宗意味。《瑞云》中，瑞云好婆年轻时守寡，守着空宅极怕鬼。“有一天夜里她做了一个梦，梦见那个老太婆变成了菩萨，对她说：心中有佛，眼中无鬼。”“瑞云好婆顿悟，从此再也不怕鬼。”好婆从此吃斋念佛，清静无为，房子被邻居住了，也不收房租。“大家想瑞云好婆吃素恐怕是吃到了火候了，什么都想得很穿。”瑞云是瑞云好婆从厕所捡来的，也像吃素念佛的好婆一样，有平静的笑和忧郁的美。《瑞云》中人物是被神秘主义的气息包围的。宅子里有个年岁古老十足诡异的瑞云石，“在白天瑞云是一块没有生命的石头，到了夜里，黑暗就把瑞云变成了一个活生生的东西”。小孩们被瑞云石吓得夜里发寒热，瑞云夜里却同瑞云石讲话。瑞云石被文物管理处拉走的那天，瑞云好婆也升天了。读罢全文，你会觉得人物如瑞云石一样，说不出奇特之处，但在此站立了百年，看到总让人心

---

① 范小青：《后记》，《裤裆巷风流记》，第279页。

里打寒颤的。

到了后来的《香火》，范小青更是将神秘主义和佛家文化结合得天衣无缝，一探它们之间相互纠缠的关系。苏州城里神秘主义的那一处，是一座大杂院。这神秘主义气息流淌在《瑞云》《顾氏传人》《裤裆巷风流记》等“我城”苏州故事中。而另一处神秘主义则弥漫在范小青随着父母下放到农村，乡下给安排的房子里。“那是一个从前的富户人家的房子，开间大，房屋高，同院还住着两户夹着尾巴做人的富农，前面是两个知识青年，旁边是大队合作医疗，这样的环境也是很丰富很复杂甚至是有一些惊险色彩的。有时候半夜里死了人，闹到合作医疗来，我们也跟着担惊受怕，批斗富农的时候，我们也一起受窘，知识青年捉了狗藏在家里，半夜起来杀狗，狗没有杀得死，狂吼乱叫，倒把人吓得半死，我看见一条扁担长的大蛇在我们家的桌子上慢慢地自由自在地游动，把我们的茶杯打翻，把我们桌子上的东西扫在地上，村外大通桥上的鬼，桑树地里的背娘舅（杀人越货者），淹死的小女孩子的影子，每天在一个小时的上学路上，一边走一边想着这些，越走越怕，越怕越是要往那上面想，在我和我哥哥的作品中，这些往事又重现出来。”[①]这些年轻时候下放到农村的经历，成了范小青在后来写作《赤脚医生万泉和》等作品时若有似无的神秘主义的源头。一直到二〇一一年的《哪年夏天在海边》，依然能够感觉到范小青小说神秘主义的余响不绝。

对于小说中出现神秘主义倾向的原因，范小青自己在《文学自由谈》里撰文道：“我有时候很想把自己的感觉弄得更玄妙、更深奥一点，结果我是弄巧成拙，所以我只有放弃这种努力，老老实实地把我的真实感觉写出来，或者是很平庸的，也或者是很离奇的。”[②]作家曾经谈到了内心的畏惧：“在我的内心，有一种畏惧，是对人生，对命运，对社会，还是对他人，我说不清楚，我感觉到这是一种宁静平和的畏惧。”[③]平庸中的离奇，宁静生活下的畏惧，这正是范小青作品中的神秘主义呈现给我们的特点——范小青既从佛家汲取了无为的智慧而使文本呈现灵动空灵的特点，而苏南农村和苏州市井神怪故事又让她热衷于表现中国文化中神秘的那一部分。

---

① 范小青：《小巷人家》，《花开花落的季节》，第 60 页。
② 范小青：《不谈“理论”》，《文学自由谈》1989 年第 3 期。
③ 范小青：《我的自传》，《作家》1991 年第 7 期。

一九九〇年

三十五岁。

六月，参加中国作家代表团赴苏联进行了为期十五天的友好访问。访问期间，与苏联作家和翻译家进行了座谈。该年，发表的短篇小说有《白手绢》(《鸭绿江》第一期)、《门堂间》(《苏州杂志》第一期)、《药王》(《春风》第四期)、《老人角》(《人民文学》第七—八期)、《夏天无事》(《作家》第十二期)，发表的中篇小说有《豆瓣街的谜案》(《小说界》第三期)、《杨湾故事》(《钟山》第四期)、《瑞光》(《百花洲》第三期)、《上学去》(《时代文学》第五期)、《城西故事》(《红岩》第五期)、《片段》(《青春》第十二期)和《洗衣歌》(《小说家》第六期)。中短篇小说集《在那片土地上》由时代文艺出版社结集出版。

同年，《当代作家评论》第二期集中发表了范小青作品评论：黄毓璜的《现状和前景：范小青的人生小说构建》，荆歌的《遥观的诗意和介入的痛苦——评范小青长篇新作〈个体部落纪事〉》，喻季欣的《"返回"文化的生命活力——范小青小说精神巡视》，晓华、汪政的《范小青的现在时》。《小说评论》的第一期发表了喻季欣的《小巷风情的文化指向——范小青近期小说阐释》和李冬的《范小青的〈顾氏传人〉》。《文学评论》第四期发表了王干的《意义丧失之后——范小青近作拆析》。《上海文学》第八期发表了费振钟的《分离的价值——范小青近期小说论》。

一九九〇年最重要也可能最被人忽视的是范小青另辟一径的“杨湾故事”，它再次显示出范小青求变善变的文学面貌。陈晓明认为：“早先我陆续读过一些范小青的作品，但留下深刻印象的要数九十年代初期读到她的《杨湾故事》。那种淡雅却能装进一个女子被历史误置的命运，笔法令人惊异。仿佛置身于苏绣、园林之中，曲折通幽而能回味无穷。”[①]“杨湾故事”系列中陆续发表的还有《船出杨湾港》《杨湾传说》等。

从一九九〇年到一九九七年《百日阳光》出版的这六七年是范小青创作相对平稳、守成的时期。整体水平稳定，技艺纯熟。

① 陈晓明：《后革命的博弈——〈女同志〉中的权利与力比多的辩证法》，《当代作家评论》2005 年第 6 期。

一九九一年

三十六岁。

四月四日至六日由江苏省作家协会和吴县县委宣传部联合主办的“范小青作品讨论会”在苏州吴县召开，会议的中心议题包括：范小青的调整蜕变、创作心态、美学追求、个人风格，作品的叙述节奏、艺术力度以及吴文化、吴方言等。《文艺报》陈丹晨，《上海文学》周介人，鲁迅文学院何镇邦，《上海文论》毛时安，苏州大学范伯群、范培松，江苏省作家协会艾煊、赵本夫，《钟山》徐兆淮，《雨花》费振钟等学者、编辑和作家参加了讨论会。

该年，范小青发表的短篇小说有《表姐》（《芒种》第一期）、《网船小调》（《太湖》第二期）、《坟上的花》（《春风》第七期）、《茅山堂》（《春风》第七期）、《蓬莱古井》（《人民文学》第九期）、《临时的生活》（《西湖》第九期），发表的中篇小说有《清唱》（《上海文学》第一期）、《门神》（《作家》第三期）、《晚唱》（《小说林》第三期）、《文火煨肥羊》（《芙蓉》第五期）、《单线联系》（《小说家》第六期）、《老龙探海》（《雨花》第九期）、《王桃》（《上海文学》第十一期）、《船出杨湾港》（《作家》第十二期），其中《清唱》被《小说月报》第一期转载,《文火煨肥羊》被《小说月报》一九九二年第一期和《中篇小说选刊》一九九二年第一期转载。同年,长篇小说《天砚》由人民文学出版社出版。

在《天砚》以及随后两年出版的《老岸》和《误入歧途》中,范小青将侦探小说的技法引入小说,再次显示出其不俗的求变能力。樊星指出《天砚》与一般侦探小说相比的特别之处在于:"《天砚》除了通过一个探案故事揭示了世界的奇诡以外,还具有特别的意义:中国的探案文学一直不太发达。而《天砚》也因此而值得特别关注:它将探案的故事写出了哲理的意味。"[①]《老岸》虽然被认为是一部侦探小说,但也同样是一部新写实小说,或者说是一部世情小说。施战军说:"在类似寻仇案情类型小说的叙述形式探索上,努力给世情小说开拓出故事的新讲法,同时给生活世情小说带来了心理推演的色彩,内蕴中也有意欲丰富和超越现实生活流的意味,有某种先锋文学有意为之的生命审视味道,但又决不脱离对现实人生的关切。人间芸芸众生的是非恩怨、古城的世态炎凉,在曲曲折折的街巷里,在磕磕绊绊的三轮车上。这部小说没有凌乱如麻的琐事堆砌,却宁愿被人心的逻辑所裹挟,与平民的

① 樊星:《范小青与当代神秘主义思潮》,《小说评论》2008 年第 1 期。

生活分享不能预知的疑难，寻找着心的皈依。这不啻也是对生活世情的别一种观照。”①

一九九二年

三十七岁。

九月，范小青参加江苏省作家协会第四次会员代表大会，并当选为江苏省作家协会副主席。本年度，范小青除了获第二届江苏省政府文学艺术奖，中篇小说《上学去》获《时代文学》奖，中篇小说《文火煨肥羊》获《芙蓉》奖，中篇小说《又见乡塘》发表于《北京文学》第七期，被《新华文摘》第十期转载，并获当年《北京文学》奖。

发表的短篇小说有《听客》(《天津文学》第四期)、《酒话》(《山西文学》第四期)、《白鱼阵》(《苏州杂志》第三期)、《冬闲》(《芒种》第八期)、《贝贝》(《春风》第八期)、《长棋》(《北京文学》第十期)，中篇小说有《晚景》(《十月》第二期)、《看客》(《小说界》第三期)、《大家闺秀》(《时代文学》第三期)、《还俗》(《钟山》第三期)、《春风吹又生》

① 施战军:《当代世情小说之翘楚——范小青论》,《扬子江评论》2009 年第 1 期。

(《百花洲》第四期)、《米象》(《芳草》第六期)、《战友》(《花城》第六期)、《月色融融》(《芙蓉》第六期)、《菜花黄时》(《人民文学》第七期)、《人情》(《上海文学》第八期)、《春风化雨》(《四川文学》一九九三年第一期)、《又见乡塘》(《北京文学》第七期)等,其中《大家闺秀》被《中篇小说选刊》第六期转载,《又见乡塘》被《新华文摘》第十期转载。同年,十月文艺出版社出版了长篇小说《老岸》,后被江苏电视台改编为八集同名电视剧。该年,范小青共发表了十余篇中篇小说,有三篇分别获得期刊的年度奖,有两篇被选刊转载,这样不俗的成绩不但显示了范小青创作的爆发力,同时也证明了范小青对中篇小说文体的熟到和擅长。

该年,刘静生在《小说评论》第三期发表了《读〈裤裆巷风流记〉谈"小家子气"》。

一九九三年

三十八岁。

发表的短篇小说有《成长》(《时代文学》第二期)、《留给自己》(《芒种》第四期)、《走过石桥》(《山西文学》第四期)、《伴你走一程》(《广州文艺》第五期)、《恶手》(《人民文学》第九期),发表的中篇小说有《枫叶红时》(《小说家》

第三期)、《日出无声》(《江南》第三期)、《没有往事》(《清明》第三期)、《又见草垛》(《上海文学》第五期)、《轻轻走过》(《作品》第九期)、《动土》(《小说界》第三期)、《一路平安》(《女子文学》第七期)等。同年,群众出版社出版了中篇小说集《看客》,第一部随笔集《花开花落的季节》由上海知识出版社出版。

同年,晓华、汪政在《当代作家评论》第一期发表了《传统与现代之间——〈老岸〉谈片》。樊星在《当代作家评论》第二期发表了《"苏味小说"之韵——陆文夫、范小青比较论》。

一九九四年

三十九岁。

该年又是范小青的一个中篇小说年。本年度发表的中篇小说有《雨城命案》(《广州文艺》第一期)、《风中的鸟窝》(《时代文学》第一期)、《一页》(《山西文学》第二期)、《杨湾传说》(《莽原》第三期)、《前景》(《作家》第六期)、《别了乡塘》(《北京文学》第三期)、《没有结局》(《太湖》E卷)、《套牢》(《青岛文学》第五期)、《歧义》(《四川文学》第五期)、《木樨园》(《小说》第五期)、《苍茫秋色》(《长城》第六期)、《无人作证》(《啄木鸟》第三期)等。该年,短篇小说《人物关系》和《走过石桥》分别获《当代》奖和《山西文学》奖,《天津文学》第二期发表的短篇小说《最后一张》获《天津文学》奖。此外,《山花》第十期发表了《塔云》,《大家》第三期发表了《晚茶》、《牵手》(《作家》第六期,被《新华文摘》第十期转载)、《没有结局》(《太湖》E期)等短篇小说。群众出版社出版了长篇小说《误入歧途》,该小说获第二届全国公安报刊优秀作品文学类奖。

一九九五年

四十岁。

从文类选择的角度看,本年度在范小青的文学创作史中有转折意义。范小青是以短篇小说起家开始文学创作,中长篇小说均晚出。但从二十世纪八十年代末开始范小青差不多保持一年一部长篇小说的创作量,而中篇小说的创作量基本和短篇小说持平,有的年份甚至远远超过短篇小说。

该年度,范小青发表的中篇小说有《独自下乡去》(《芳草》第一期)、《随风北去》(《时代文学》第四期)、《飞进芦花》(《收获》第六期)、《城市陷阱》(《青年文学》第八期)、《城市民谣》(《长江文艺》第十二期)、《八月十五云遮月》(《春风》第十九—二十期)六部。从量上看,并不算少。但和《平安堂》(《芳草》第一期)、《往事》(《人民文学》第二期)、《锄月》(《百花洲》第三期)、《母亲病了》(《山西文学》第三期)、《少爷汤米》(《长江文艺》第五期)、《动荡的日子》(《上海文学》第五期)、《暖冬》(《湖南文学》第七期)、《药方》(《青年文学》第八期)、《今夜相逢》(《当代》第四期)、《昨夜遭遇》(《作品》第八期)、《出门在外》(《太湖》D卷)、《世间杂事》(《东海》第十一期)、《金黄的落叶》(《长江文艺》第十二期)、《又在秋天》(《山花》第十二期)、《青石井栏》(《春风》第十二期)等短篇小说(其中,《平安堂》和《暖冬》被《小说月报》转载)的量相比,短篇小说显然更被范小青所看重。

事实上,从该年度以后,范小青的中篇小说创作量锐减至一年一部,有的年份甚至空白。而与之相较,短篇小说的创作量则稳定地保持在量与质的高水平上。

该年,范小青与人合作的长篇小说《费家有女》由人民文学出版社出版,后由北京电视台改编成三十二集电视剧。中篇小说集《还俗》、随笔集《贪看无边月》分别由河北教育出版社和江苏文艺出版社出版。

该年,黄毓璜在《青春》第九期发表《简论范小青的小说创作》。高松年在《浙江学刊》第三期发表《从地域文化视角解读范小青小说》。

一九九六年

四十一岁。

十二月，参加中国作家协会第五次全国代表大会。

本年发表的中篇小说仅有《平凡的爱情》(《时代文学》第五期)一部，发表的短篇小说则有《声东击西》(《警方》第一期)、《岁月》(《四川文学》第一期)、《绢扇》(《雨花》第一期)、《病历》(《雨花》第一期)、《事实》(《太湖》第一期)、《过程》(《黄河文学》第二期)、《平常人生》(《青春》第二期)、《桂花香》(《文学世界》第三期)、《一夜故事》(《传奇故事》第三期)、《人间信息》(《春风》第四期)、《失踪》(《啄木鸟》第五期)、《谎言》(《天涯》第五期)。随笔集《怎样做女人》由群众出版社出版。

一九九七年

四十二岁。

十月，江苏省作家协会第五次会员代表大会召开，范小青当选江苏省作家协会副主席。“干部”系列长篇小说的第一部《百日阳光》由江苏文艺出版社出版，由它修订而成的长篇小说《干部》于二〇〇二年由同一家出版社出版。同年，江苏文艺出版社还出版了《范小青文集》，包括《昨夜遭遇》《无人作证》《单线联系》三部。

是年，范小青的另一部长篇小说《城市民谣》以及中短篇小说集《飞进芦花》和随笔集《又是雨季》分别由花山文艺出版社、华夏出版社和四川人民出版社出版。

是年，范小青创作和发表的中短篇小说不算多，短篇小说有《青年文学》第一期的《错误路线》、《太湖》第一期的《接待》、《飞天》第三期的《大院小人物》，中篇小说有《芳草》第一期的《通俗故事》等。其中的《错误路线》，著名导演张艺谋曾有意向改编成电影。

《百日阳光》是范小青“中年变法”之作。先是《百日阳光》，再后来就有了《城市表情》《女同志》，“开始接触比较重大的题材”[①]，她笔触伸向高楼林立的城市或者被现代化改造之后的乡镇，写城乡改造中的新旧的对峙，保留传统还是继续现代化的的两难，揭示乡镇企业刚刚起步

① 范小青：《在变化中坚守，或者，在坚守中变化》，《扬子江评论》2009年第1期。

发展的尴尬,“她自己也因此从小巷走到了现代大道”①。

评论界捕捉到了范小青的新变。贺绍俊说:“八十年代的范小青立足于苏州浓郁的地域文化,她荡漾在苏州小巷,流连于吴越风情,透露出浓厚的文化意蕴。在这里我们看到一位文化的范小青。而在《百日阳光》里,范小青完全换了另一副面孔,她以咄咄逼人的姿态直视新的现实,具有强烈的政治意识,让我们看到了一位政治的范小青。”②

范小青说:“我过去近三十年一直在苏州写作,给人印象就是苏州作家的特色,小巷啊,清淡啊,等等,以这种风格为主的小说,这种文学观念也好,描写对象也好,似乎早已经定位了,这种小说我称之为状态小说或者情致小说,不是按照传统小说来写的,人物个性不鲜明不突出,故事不是大起大落惊心动魄的,讲究一种气场,比较符合苏州城市风格…… 一九九七年我写了《百日阳光》,开始接触比较重大的题材,可以玩笑说是‘中年变法’了,写苏南的乡镇企业,还是苏州文化背景,但是人物,题材,都有变化,记录乡镇历史变迁,故事情节强了,人物个性

---

① 王尧:《转型前后——阅读范小青》,《当代作家评论》2008 年第 1 期。

② 贺绍俊:《现实主义的意义重建》,《当代作家评论》2008 年第 1 期。

鲜明了。”①

二十世纪的中国小说，“新民”“启蒙”“救亡”“配合政策”，甚至“利用小说反党反社会主义”是大道俨然，而范小青往往与文学的主流貌合神离，似是不在。但是自二十世纪九十年代以来，中国社会由计划经济转向市场经济，“这为作家提供了一个新的现实，一个完全不同于新时期文学所依赖的、由拨乱反正宏大叙事所建构起来的现实”②。范小青这次却抓住了社会新变，创作了《百日阳光》，文风至此一变。对于此变，有社会环境的客观要求，也有作家主观上的求变。范小青自己坦言：“因为一路走过来，时常有人说我的小说读起来不够劲道，散散淡淡的，这种意见听得多了，自己也会反省了，怎么才能让人提起精神来呢？同时，从客观上讲，我们身处的环境也发生了很大的变化，十多年前，苏州的小街小巷还在，街巷里的老头老太、挑着担子走街串巷的乡村妇女还在，就鲜活地在你眼前，但是后来慢慢地消失了，没有了。再写小说时，好像主、客观条件都不让你再像原来那样写了，这时候变化就是身不由己的了。其实我很偏爱我原

---

① 李雪、范小青：《写作的可能与困惑——范小青访谈》，《小说评论》2010 年第 5 期。

② 贺绍俊：《现实主义的意义重建》，《当代作家评论》2008 年第 1 期。

来的一些中短篇小说，但后来就觉得不能再这样写，内心有个声音，一直在提醒你，让你觉得要变化。”①

对于范小青的这次转变，评论界反应各异。范小青说：“有人说我变得大气了，从小巷子里走出来了。也有人痛惜我的变化，认为我不适合写这类题材，把自己变没了。”②贺绍俊就极赞赏范小青的这一接触社会题材的转变：“这是一次非常聪明的调整，体现出范小青清醒的现实主义精神。她敏锐地把握到社会转型所带来的震动。”③但是王尧却不这么认为，他说：“在《百日阳光》《城市表情》这些长篇小说中，范小青个人的特征与素质并没有充分地发挥出来，至少在我的阅读中我感觉到写这一类长篇小说其实不是范小青的长处，她也可以在这条路上走得很远，取得瞩目的成就，但是，长篇小说里那些感动我们的东西冲击我们的东西，更多的来自于现实生活本身，而范小青处理现实生活的艺术能力，和她的中短篇小说相比，并没有特别之处。我在当时甚至产生疑问：

---

① 李雪、范小青：《写作的可能与困惑——范小青访谈》，《小说评论》2010年第5期。

② 同上。

③ 贺绍俊：《现实主义的意义重建》，《当代作家评论》2008年第1期。

范小青如此写作是否会丢失自己的长处?"①

然而万变不离其宗。贺绍俊认为,范小青在触及社会改革新变这类题材的小说中,"逐渐形成了新的叙述模式,主要是改革与保守、腐败与反腐败的矛盾冲突"②。而范小青却成功避开了这一窠臼,"她不把乡镇企业看成是一个经济或政治的问题,而看成是一个人的素质的问题"③。所以范小青也许最初是借了一个宏大社会题材的壳子,最后的底子却仍然是渺小的世俗的"人"这一个体。除了《百日阳光》,《城市表情》《女同志》也一样,写庙堂之高,却系于市井、江湖和家室,反复延转、念念在心的是世道攘攘之下人心的幽暗细微;《裤裆巷风流记》《锦帆桥人家》《城市民谣》说的是时代变迁,谈的却是市井细民的家长里短、烟火人生。如范小青所说:"有时候我觉得我的小说已经变化很大了,但别人读起来,还说是从前那个味儿。一个人经过几十年的努力和塑造,某些东西已经浸入骨髓,所以,即使在我的一些追求情节的小说中,

---

① 王尧:《转型前后——阅读范小青》,《当代作家评论》2008 年第 1 期。

② 贺绍俊:《现实主义的意义重建》,《当代作家评论》2008 年第 1 期。

③ 同上。

整体风格还是偏‘淡’和‘写意’的。”①

汪政这样说范小青在世纪之交的短篇小说创作的转变：“新世纪前后，这一风格有了变化，许多作品不但有了明确的叙事结果，而且集中、坚定，甚至富有很强的戏剧性，一波三折，转折、层次非常明显。这次较为全面地阅读了范小青的作品后，发现其实这种转变并不是根本性的，彻底的，她的主导风格并没有太大的变化，准确地说，她是将一些她以前未曾使用的小说要素引入了创作，使她的短篇小说饱满、结实、线条更硬朗，当然也使短篇小说艺术风格更加成熟，更加宽广，更加富有表现力了。”②这段话虽然是谈短篇小说的，但这一评价放在《百日阳光》这里依然贴切。

在这种情况下，王尧指出的一个问题值得我们深思：“范小青自己面临的问题是：一个小说家究竟有没有自己的想法？她对历史、现实、文化、人性等诸多问题究竟持有怎样的立场和观察的视角？换言之，有无自己的世界

---

① 李雪、范小青：《写作的可能与困惑——范小青访谈》，《小说评论》2010年第5期。

② 汪政、晓华：《天工开物——范小青短篇小说札记》，《当代作家评论》2008年第1期。

观人生观?”①

一九九八年

四十三岁。

该年是范小青整个创作中相对沉寂的一年。四月，随江苏青年代表团访问台湾。随笔集《平常日子》和《走不远的昨天》分别由江苏文艺出版社和吉林人民出版社出版。长篇小说《百日阳光》获江苏省“五个一工程”奖。

该年获的奖项还有全国当代女性文学创作奖。

该年，吴星飞在《群众》第五期上发表《雄关漫道从头越——范小青长篇小说〈百日阳光〉的启示及项达民的现实意义》。

一九九九年

四十四岁。

本年度，范小青发表的短篇小说有《短篇三题》(《上

---

① 王尧:《转型前后——阅读范小青》,《当代作家评论》2008 年第 1 期。

海文学》第二期)、《平安夜》(《人民文学》第七期)、《幽兰夜》(《雨花》第七期)、《豆粉园》(《山花》第八期)、《鹰扬巷》、《描金凤》(《上海文学》第九期)、《桃花坞》(《北京文学》第九期)、《南园桥》(《北京文学》第九期)、《平仄》(《作家》第十期)、《定慧寺》(《太湖》D卷),其中《鹰扬巷》被《小说月报》第十一期转载。发表的中篇小说则有《春光明媚的日子》(《电影电视文学》第五期)。同年,人民文学出版社出版《范小青自选集》。

饶先来在《小说评论》第二期发表《嬗变与超越——评范小青近期小说创作》。

经过一九九七、一九九八两年的调整,本年度,范小青再次集中书写苏州故事。范小青说:“二〇〇〇年前后我又开始回归,写出一批像《鹰扬巷》这样的中短篇。”① 从二十世纪九十年代中期开始,如果还用“小巷文学”“苏州地域风情作家”来指认范小青的苏州故事恐怕就言不及义了。九十年代中期以后,范小青的苏州故事中,城市市民日常生活场景渐渐淡出。《豆粉园》《桃花坞》《平仄》《朱家园》《鹰扬巷》《想念菊官》,这些小说由实入虚,

---

① 李雪、范小青:《写作的可能与困惑——范小青访谈》,《小说评论》2010年第5期。

由能言而无言。从小说的品格上说，俨然由物境、情境入意境。出入于小说的人物，之于小说的场景只是一些过客，他们是扁平的不是圆形的，他们的来途去路暗昧不清，他们登场又退场。他们也许为一个结果而来，但最后却没有结果，或者结果却偏离了初衷。范小青说，这一时期的短篇小说的创作是把握住了一种氛围之后下笔的："我的写作，尤其是短篇的写作，基本上就是你所说的那种淡淡的，散散的，不讲究故事，就是那么一个过程，一段事情，一种氛围。对我来说，好像写那样的小说比较容易，似乎与我身上的什么东西有着一些本质的联系或者是别的什么联系，因此是自然顺畅的，我不敢吹牛说容易到闭着眼睛就能写，至少也经常是下笔如流水的。比如你说到的《鹰扬巷》，一旦把握了那种氛围，几乎只要几句对话就能解决了。"①

"结果"，曾经是范小青小说所瞩意的地方，比如《老岸》《天砚》《无人作证》，整个小说的结构就是为了寻找一个可靠结果。但与此不同的是早在一九八九年的《栀子花开六瓣头》，范小青就意识到寻找结果的最后的可能是

---

① 汪政、晓华：《天工开物——范小青短篇小说札记》，《当代作家评论》2008年第1期。

言此及彼的。九十年代中期范小青几近把这样的世界观发展成一种小说哲学。“远而不尽”，弥漫在她小说中的是一种无法言说的气息。它们是飘忽的，暧昧的，若有若无。这样的气息读者也许要深味再三，心有灵犀，才能嗅得一丝一缕。在这些小说，“从前”是我们回不去的过去；是“惊风飘白日，光阴弛西流，盛年不再来，百年忽我遒”；是“朝为美少年，夕暮成丑老”。范小青的“从前”带来的是我们在时间流逝面前无力回天的惊颤和疼痛。“他看着她，时间过得真快，他说。”（《豆粉园》）如果真的要追问这些小说的主题，应该是关于一个城市的流逝与永恒，关于一个城市的时间。范小青关于苏州这样的书写，真的接近阿城说的“中文里的颓废”。“先要物质、文化的底子”，“在这底子上沉溺，养成敏感乃至大废不起，精致到欲语无言，赏心悦目把玩终日却涕泪忽至”①。

但范小青对这次的“回归”还是存在疑惑：“可是后来事情发生了变化，变得让我措手不及。因为我突然觉得，我不能再这样写下去，我知道我的《鹰扬巷》是一篇好的小说，但我不能再写。我从一开始就觉得自己不会写故

① 阿城：《闲话闲说——中国世俗与中国小说》，北京：作家出版社，1998 年版，第 170、161 页。

事，想象能力也不够强，很难有精巧的构思让小说圆圆满满地呈现出来，但是现在我硬着头皮去走这条路。其实在我苦苦求圆的时候，我的内心深处还是很怀念从前的那种自然散状的，正如你说，我在近几年的短篇创作中，也仍然有这样的小说，如你提到的《想念菊官》《六福楼》《东奔西走》《苏杭班》都是我心底里很喜爱的作品，手心手背都是肉。”[①]“但是写着写着还是觉得不行，如果硬要说为什么会觉得不行，我也说不太清楚，总是隐隐约约感觉到，和内心的声音有关，而这内心的声音又来自于哪里呢？再后来就有了《城市表情》《女同志》，写政界、职场，改变以往故事情节平淡的习惯。”[②]因此，本年度及此后的两年，是范小青旧苏州故事的最后光焰。

但不管怎么说，这一年的小说连同此后二〇〇一年发表的《朱家园》《想念菊官》等短篇小说进一步确证和奠定了范小青作为当代中国重要短篇小说作家的事实。因此，在范小青的整个创作中，这也是一个充分彰显其艺术实力的小高峰。

---

① 汪政、晓华：《天工开物——范小青短篇小说札记》，《当代作家评论》2008年第1期。

② 范小青：《在变化中坚守，或者，在坚守中变化》，《扬子江评论》2009年第1期。

本年度，范小青不止老树新花，且又别出一枝。发表于《人民文学》第七期的《平安夜》即属此新枝。这是未来范小青对由乡入城的打工者群体持续关注的重要开端之作。

二〇〇〇年

四十五岁。

九月，随江苏作家代表团出访欧洲七国。本年度，范小青只在《时代文学》第一期上发表了中篇小说《唱唱山歌散散心》。长篇小说《百日阳光》获首届江苏省紫金山文学奖。

二〇〇一年

四十六岁。

十二月，参加中国作家协会第六次全国代表大会，当选为中国作家协会第六届全国委员会委员。本年度，范小青重述苏州的短篇小说又有新收获，先后发表了《从前以来》(《太湖》A卷)、《医生》(《当代》第三期)、《女儿红》(《作家》第四期)、《六福楼》(《山花》第四期)、《朱家园》(《雨花》第四期)、《金氏五金店》(《绿洲》第五期）、《想念菊官》（《人民文学》第七期）、《浦庄小学》（《上海文学》第八期）、《紫云》（《上海文学》第八期）、《路边故事》（《青春》第九期），《小说月报》第六、第八期和《小说选刊》第十期分别转载了《六福楼》《医生》和《想念菊官》三个短篇小说，对范小青的创作成绩予以肯定。同年，范小青在《长城》第三期发表中篇小说《火车》。长篇小说《城市片段》和《于老师的恋爱时代》分别由人民文学出版社和春风文艺出版社出版。

费振钟说："相对于她那些以城市为背景的作品，长篇《城市片断》是范小青对她所生活的这个中国传统城市作最后一次回顾。"①

该年，《时代文学》第六期集中发表了关于范小青的评论：何镇邦的《范小青二三事》、叶兆言的《闲话范小青》、黄蓓佳的《我认识的范小青》。

二〇〇二年

四十七岁。

五月，随中国作家代表团出访罗马尼亚、摩尔多瓦。

---

① 费振钟：《城市：现代化政治与文化命运》，《当代作家评论》2004 年第 5 期。

该年，范小青获第十三届冰心奖——冰心摄影文学奖。同年，范小青在《当代》第六期发表短篇小说《寻找失散的姐妹》；分别在《山花》第八期和《北京文学》第九期发表《东奔西走》和《早点回家》，均被《短篇小说选刊》第十期转载；在《作家》第十期发表短篇小说《乌妹》，即被《小说月报》第十期转载。

二〇〇三年

四十八岁。

二月，范小青当选江苏省政协第九届委员会常务委员。该年，由范小青编剧的二十集电视连续剧《干部》获飞天奖三等奖，该剧由长篇小说《百日阳光》改编，因剧中的企业集团与江苏某企业集团同名引发“对号入座”的官司。八月，长篇小说《城市之光》由江苏文艺出版社出版。

十二月九日至十一日，由江苏省作协小说创作委员会、苏州市文联和苏州市作协联合举办的“苏州小说创作研讨会”在苏州举行。中国作协名誉副主席、江苏省作协名誉主席陆文夫以及赵本夫、范小青、黄蓓佳、苏童、储福金、毕飞宇、荆歌等六十余位作家、评论家出席了会议，对苏童、范小青、朱文颖等苏州籍的小说家以及苏州小说创作的艺术特色和发展态势进行了广泛的探讨。

该年，范小青发表的短篇小说有《石头与墓碑》(《上海文学》第三期)、《苏杭班》(《山花》第七期)、《演习》(《太湖》A卷)、《从前有座山》(《作家》第十期)、《钱科钱局》(《当代》第五期)，其中的《钱科钱局》被《短篇小说选刊》第十一期和《小说月报》第十二期转载。发表的中篇小说有《一错再错》(《小说月报》原创版创刊号第一期、《北京文学中篇小说选刊》第三期)和《老金金在扬》(《长城》第五期)。

二〇〇四年

四十九岁。

十一月，江苏省作家协会第六次会员代表大会召开，范小青再次当选江苏省作家协会副主席。该年，范小青在《苏州杂志》第一期发表了散文《到平江路去》。小说创作上，范小青沿着城市新人"农民工"和"干部"两翼展开，发表的短篇小说有《爱情彩票》(《上海文学》第三期)、《在街上行走》(《上海文学》第三期)、《冯余的日子》(《山花》第三期)、《李书常先生雅正》(《钟山》第四期)、《科长》(《当代》第四期)，其中"干部"系列的《科长》继二〇〇三年《钱科钱局》之后再次被《小说月报》第九期转载。同年，长篇小说《城市表情》由作家出版社出版。

该年，《当代作家评论》第五期发表了费振钟的《城市：现代化政治与文化命运》和贺绍俊的《终结政治英雄的文化谋略世界——读范小青的长篇新作〈城市表情〉》。杨扬在《上海文学》第三期发表了《反常规的写作意图在写作中的遭遇——从范小青的〈爱情彩票〉〈在街上行走〉说起》。吴煜在《城乡建设》第八期发表了《范小青的园林情结》。

《城市表情》讲了一个叫南州的城市在现代化改造中保护传统和发展经济的冲突。南州有着两千多年的历史，是中国第一古城，“南州也是一座大博物馆，谁都知道，连美国人都知道，走在南州的大街小巷，可能随便一踢，就踢到一块明砖清瓦”。同时南州的经济也十分发达：“南州是经济发达地区，是富裕地区。”故事的开始是围绕着顾家后人要买下顾家老宅豆粉园，而南州拥有数亿资产的民营企业家王博要拆掉豆粉园建豆粉别院的矛盾展开。但是这又不仅仅是一个关于城市现代化改造的故事。费振钟认为：“《城市表情》的政治叙事，其着力之处，决非关于这个城市的‘现代化方案’之争，它的内在推动力和结构方式是政治与文化的对立与冲突，是城市的现实政治利益与城市的文化利益间的紧张关系。”①一方面，豆粉园在锦绣路上。“在南州城最早的格局里，锦绣路就是古城的中心。这是一条典型的河街并行、水陆相邻的古街坊，街上古迹很多的，有很多的明清建筑，像文星阁、万年宫、远香堂是太平天国的军械所，梅花坞是陆状元读书的地方……”南州人走在锦绣路上，就像走进了自己的童年。然而锦绣路又是政府经济开发的重点对象。“谁都知道，今天是一个开发的年代，没有哪里不在开发，开发是硬道理，开发是必由之路，发开是通往美好明天的桥梁，开发就是一切。”由此，豆粉园的拆与不拆又上升成了一个政府权衡政治利益和文化利益的决策。而政府内部，各个官员各执一词。雷厉风行的秦重天副市长就坚决要改造锦绣路：“也许对外地游客和艺术家来说，磨得溜光的弹石路面，斑斑驳驳的老墙门，小巷里排成长龙的马桶和飘在头顶的衣裙裤袜组成的万国旗是一种古韵，是一种风情，但是，我想，对于日日夜夜居住在其中的人来说，他们哪里可能有如此的雅兴……老百姓向往宽敞的住房，向往有阳光的阳台，向往煤气灶和抽水马

---

① 费振钟：《城市：现代化政治与文化命运》，《当代作家评论》2004 年第 5 期。

桶。”不拘小节的唐朝副市长是古城保护的拥护者:“小巧而密集,正是南州千百年来形成的独具特色的个性,是别人所没有的,是别的城市所不可能具备的,也是这个地球上仅存的了。”

范小青对现代化和传统的态度是评论家思考的重点,范小青在文中显然是徘徊动摇的。贺绍俊认为:“在《城市表情》中,文化的范小青与政治的范小青糅合为一体,为我们提供了一个对现代化的独特的阐释方式。这种独特的阐释方式就是从政治与文化的双重视角去观照‘新的现实’。”①政治上范小青“分饰两角”——唐朝和秦重天,抓住城市建设和保护传统的矛盾,“文化上抓住文化人的立场,由此进入生命哲学的层面”②。文章描写的文人,可以看成文人身份范小青的剪影:身在海外恋旧园的顾家语,大隐隐于市的书店老板夏同,坚守南戏研究的博士等,他们在这座古城坚守着最后一片文化的净土。“他们既顺应时变,内心却也悄悄充满文化的疑惧,生怕现代化剥夺了这个城市赖以存在的文化基础,生怕丧失他们拥有的文化身份,那样一来在这个城市的未来,他

① 贺绍俊:《现实主义的意义重建》,《当代作家评论》2008年第1期。
② 同上。

们就失去了生存的价值依据。”[1]范小青试图在政治与文化之间找一个和谐的平衡点。于是豆粉园转移后重建。“豆粉园还在移建中，豆粉园的精气，豆粉园的灵魂已经先来了。”但费振钟认为：“范小青的写作不能不偏向于这个城市的文化立场，不能不在对现代化—政治的现实认同中，表达对这个城市文化传统和价值理想的回护，所以她越是深入到‘现代化’的政治语境当中，便越多越深刻地发现这个城市在‘现代化’意义上展开的文化困境。”[2]小说的最后，锦绣路现代化改造成功，而改革的干将副市长秦重天却死了。虽然不是玉石俱焚的惨烈，但是范小青给了秦重天一个死亡的结局，这其中的意味，也许是文化的范小青始终无法顺服于政治的范小青。

《城市表情》不仅仅给我们提供了政治文化的双重视野去关照现实，关于范小青写作介入政治的姿态，也值得思考。回顾范小青介入现实写作的政治题材小说，前有《百日阳光》中的女记者，后有《女同志》中的女官员，均以女性的视角去关照现实。在《城市表情》中，范小青同样以细腻的女性笔触，来描绘这个城市和人的种种表情。

---

① 费振钟：《城市：现代化政治与文化命运》，《当代作家评论》2004年第5期。

② 同上。

费振钟认为："与男性作家关心政治权力的角逐，表现政治的正面冲突不同，范小青的视角首先放在现代化语境下的城市政治利益关系上，细致入微地察看她笔下的这个城市种种人物表情，叙述由这些表情构成的城市政治故事。"①

二〇〇五年

五十岁。

七月九日，陆文夫去世。八月，范小青从第一〇一期开始接替陆文夫出任《苏州杂志》主编。十月，随江苏作家代表团出访北欧四国。五月，春风文艺出版社出版了被称为"一部当代女性史或女性成长史"②的长篇小说《女同志》。

同年，长篇小说《城市表情》获第二届紫金山文学奖。爱情小说集《一错再错》由古吴轩出版社出版。在《山花》第七期发表的短篇小说《我们的战斗生活像诗篇》，随后被《小说选刊》第九期转载，该小说入选中国小说学会年

① 费振钟：《城市：现代化政治与文化命运》，《当代作家评论》2004年第5期。

② 范小青：《关于〈女同志〉》，《当代》（长篇小说选刊）2005年第4期。

度短篇小说排行榜。其他发表的短篇小说还有《马镇长的错误时代》(《太湖》B卷)、《法兰克曼吻合器》(《作家》第八期)、《空山不见人》(《广州日报》九月七日)、《像鸟一样飞来飞去》(《上海文学》第十期)、《我们的朋友胡三桥》(《当代》第六期),其中《我们的朋友胡三桥》被《小说月报》二〇〇六年第一期转载。

同年,《当代作家评论》第六期发表了陈晓明的《后革命的博弈——〈女同志〉中的权利与力比多的辩证法》、王尧的《文化气质与女性身份的重新书写——长篇小说〈女同志〉阅读札记》和谢有顺的《比权利更广大的是人心——我读范小青的〈女同志〉》。洪治纲在《文学报》九月十五日那期发表了《权利叙事中的性别挣扎——评范小青的长篇小说〈女同志〉》。谢有顺在《中国图书评论》第十二期发表了《被权利劫持的人心》。

该年,范小青发表了《女同志》,文风和题材又是一变。如吴俊所说:“范小青就是一个变数极大的作家。”①如果我们回顾一下,会发现,以二〇〇一年范小青创作的《朱家园》《六福楼》《想念菊官》为界,范小青至此放弃了

① 吴俊:《曾经想歪过的“女同志”——范小青〈女同志〉评论》,《西部》2007年第1期。

苏州小巷文学的创作，以农民工和干部为两翼，展开了新的创作尝试。经过了前面的《百日阳光》《城市表情》等作品的酝酿准备，《女同志》出现了。王尧盛赞《女同志》是“范小青最好的长篇小说”[①]。谢有顺认为：“无论是对权力社会微妙关系的洞察，还是对女性心理细小变化的把握，《女同志》都堪称典范。”[②]

然而范小青自称《女同志》的创作是一种“盲目的行为”：“所有的这些变化，并不是我在很清醒的前提下实现的，恰恰相反，我只注重生活给我的感受，甚至可以说，生活要让我变化，我不得不变。在我的内心深处，其实还始终对自己的变化有着疑虑，有着不踏实的心情。”[③]但同时她也为这种盲目的行为所带来的变化寻求到了一种“有根有据有板有眼有道理的依据”[④]。对于这种转变，王尧说：“据我的所知，在范小青生活的这个文化圈子，以及在这之外又关注这个文化圈子的一批人当中，引为自豪或者津津乐道的是吴文化的胜处，而且通常沉湎在怀

---

① 王尧：《转型前后——阅读范小青》，《当代作家评论》2008 年第 1 期。

② 谢有顺：《比权利更广大的是人心——我读范小青的〈女同志〉》，《当代作家评论》2005 年第 6 期。

③ 范小青：《变（创作谈）》，《山花》2006 年第 1 期。

④ 同上。

旧之绪中:我并不反对这样的文化观，但是我觉得这样的文化观往往会把‘历史’与‘现实’割裂开来，以凭吊静止的历史代替关注动态的现实。于此，范小青长期以来也有诸多困惑。在苏州古城逐步翻新以后，始终以‘苏州’为原型城市写作的范小青这几年也逐渐从苏州小巷走出。读《女同志》,我以为范小青找到了观察一种文化和一种人生的角度……范小青在‘苏州’穿行和沉潜的时间太长了，她终于意识到这座城市的‘历史’和‘文化’不是外套，而是她当下呼吸的空气……她以直截了当的方式而不是暧昧的态度介入‘现实’,又以在历史文化中滋养出的平和冲淡的精神抑制书写时的功利主义倾向。”①

吴俊总结出《女同志》不同于别的官场小说的两个特点:“一,她的小说重在写人,由人的境遇、遭际刻画其精神世界,展现其人性的丰富性,而并非专注其政治智慧或官场手段。她的‘干部’是‘人在官场’‘官场中的人’,并非政治动物。二,她的小说于政治生态外,更多展现的是社会文化和生活现实的生态。换句话说,她的小说所展现的现实生态的广阔性、丰富性和细致性,远非一般所见

① 王尧:《文化气质与女性身份的重新书写——长篇小说〈女同志〉阅读札记》,《当代作家评论》2006年第6期。

的官场小说可比，后者可谓名副其实地‘写官场’，写官场的政治生态。范小青的官场，倒有点像是生活现实中的一种‘过场’。”[①]小说的主人公万丽，虽然身在官场几经沉浮，处处小心时时在意，但仍然有女性特有的柔弱敏感多疑的一面，也有日常生活中柴米油盐细枝末节的烦恼，并不是一个铁娘子。微妙的婆媳关系也令她有苦说不出，如文中写道："万丽跟孙国海说，你妈是打太极拳的。孙国海没听明白，说，我妈打太极拳？是吗？什么时候学的，我怎么不知道？万丽没头没脑地说，你妈再教会了你，你们母子就可以一起对付我了。"万丽回到家在枕边也要跟丈夫耍点小性子，如向丈夫抱怨金美人在单位为难她，本来只是向丈夫诉诉苦发发嗲而已，谁知道丈夫的话句句不中听，万丽性子一下上来，"'噌'地从床上跳下地，凶神恶煞般的站在床前，手指着孙国海，尖声叫道，孙国海，要是敢去找金美人，我就跟你、跟你——离婚！"弄得孙海国一头雾水又惊恐万分。如施战军所说："和她不会简单地写乡镇企业和城市建设一样，女性文学形象不可能是早已令人厌倦的自我封闭、权利抗争、自恋、自渎、

---

① 吴俊:《曾经想歪过的"女同志"——范小青〈女同志〉评论》,《西部》2007年第1期。

情色的镜像，更不会是‘女性英雄’般的‘强者’极端：无情的‘铁娘子’和滥情的‘蝴蝶’。正常，有日常的喜悦和烦恼、要强和虚荣、独立和依赖、计谋以及软弱……在世情的层面上调整着表情和服饰，清朗着心智。”①除了万丽，小说中的其他人也一样世俗地接着地气。快人快语又心有城府的伊豆豆，倚老卖老的金美人，笨拙又努力的余建芳，为了给丈夫谋前程晚节不保的许大姐……所以《女同志》虽然是官场小说，又不仅仅是一部官场小说，更描绘了在官场中的百态人生。

是什么造成了《女同志》的这些不同之处呢？一方面可能是范小青作为女性作家天生对女性在社会处境中的尴尬的敏锐感知。范小青自己在《女同志》创作谈中写道：“我觉得，女性在体制中、在自己的内心里，所受到的束缚和压力要比男性更重一些，要承担的东西也更多一些。我试图把这‘更多一些’写出来。女人如水。如水的女人，在坚硬如铁不相信眼泪的官场会碰到什么样的难题，经历什么样的遭遇？最后是走向堕落还是人格升华？另外，爱情、婚姻、家庭以及个人的隐秘的感情的世界在

① 施战军：《当代世情小说之翘楚——范小青论》，《扬子江评论》2009年第1期。

其中又是什么样的位置？女性的敏感、脆弱、琐碎等特点，会影响她们在官场的努力吗？这些都是我想写的东西。”[1]另一方面是由写作方式引起的。吴俊认为，范小青在《女同志》的叙述中是直接介入的姿态而不是以往旁观的姿态。“我另外有一种直觉，就是相比于范小青的以往其他作品，《女同志》的作者是一位叙事或故事的直接介入者，别的则多是旁观者。这种直觉诱使我时时要将《女同志》读作作者的自叙传。这或许是触及到了一种秘密。在这种秘密中，我好像找到了埋藏其间的一个有关文学风格疑问的答案——《女同志》的叙事和文字风格，既与此前的《城市表情》等近期作品完全异样，也与更早的上世纪的大量小说明显异趣，《女同志》显出了一种特别的亲切、流畅，还有暧昧的体贴。我直觉是因为作者直接跑进故事里去了，以至影响甚至形成了小说的叙事风格。”[2]

《女同志》虽然受赞，但是范小青还是心存疑虑：“《城市表情》《女同志》，写政界、职场，改变以往故事情节平淡的习惯，至少要写完整的故事、人物，像《女同志》，主人公有完整的奋斗经历，让读者对她的命运有迹可寻。而在

---

① 范小青：《关于〈女同志〉》，《当代》（长篇小说选刊）2005 年第 4 期。

② 吴俊：《曾经想歪过的“女同志”——范小青〈女同志〉评论》，《西部》2007 年第 1 期。

我过去的小说中常常是故意把命运隔断，跳开去写，制造阅读障碍，总觉得那样写小说才更有张力和言外之意。《女同志》似乎是一个回归，回归传统，读者容易共鸣。但是说心里话，我确实不知道这是文学的进步还是退步。”[①]而我们知道，作家这种变与不变的摇摆和思考，才是创作出新意的不竭源泉。正如王尧所说：“即使在写作状态最好的时候，范小青也从来不掩饰自己的困惑，她因此能够不断探索小说写作的别一种可能。”[②]

《女同志》是使范小青被中国文学界广泛地肯定和认可的一部长篇小说。该小说最终成为二〇〇八年第七届茅盾文学奖一百三十部初评作品里入围终评的二十四部作品之一。

二〇〇六年

五十一岁。

九月，苏州市文学艺术界联合会第九次代表大会召

① 范小青：《在变化中坚守，或者，在坚守中变化》，《扬子江评论》2009年第1期。

② 吴俊：《曾经想歪过的“女同志”——范小青〈女同志〉评论》，《西部》2007年第1期。

开，范小青当选为苏州文联主席。十一月，中国作家协会第七次全国代表大会在北京召开，范小青当选为中国作家协会第七届全国委员会委员。长篇小说《女同志》由春风文艺出版社再版。

本年度，是范小青短篇小说被转载最多的一年。她在《山花》第一期发表短篇小说《城乡简史》，该小说被《小说选刊》（第二期）、《小说月报》（第三期）、《小说精选》（第三期）、《新华文摘》（第八期）等多家选刊转载。同年，发表的短篇小说还有《这鸟，像人一样说话》（《人民文学》第一期）、《谁住在我们的墓地里》（《作家》第五期）、《低头思故乡》（《中国作家》第九期）、《我就是我想象中的那个人》（《当代》第五期），其中《低头思故乡》被《小说月报》（第十期）、《我就是我想象中的那个人》被《中华文学选刊》（第十期）和《小说月报》（第十一期）、《谁住在我们的墓地里》被《小说选刊》（第八期）和《小说精选》（第九期）等选刊转载。《我就是我想象中的那个人》再度入选中国小说学会年度短篇小说排行榜。同年，在《山花》第十一期发表的中篇小说《不要问我在哪里》也被《小说月报》二〇〇七年第一期转载。

同年，王尧发表《文化气质与女性身份的重新书写——长篇小说〈女同志〉阅读札记》（《当代作家评论》第六期)，朱凯发表《看破红尘爱红尘——范小青〈女同志〉读后》(《山东文学》第一期)，顾晴宇发表《穿梭城乡——范小青市民文学的〈回归〉叙事》(《山花》第一期)，周东华发表《破解“当代官场女同志”的心魔——评论范小青长篇小说〈女同志〉》(《苏州教育学院学报》第四期)，周景雷发表《墓地是我们温暖的家园——关于范小青的两个短篇》(《南方文坛》第六期)。

此阶段发表的《在街上行走》(二〇〇四)、《像鸟一样飞来飞去》《法兰克曼吻合器》(二〇〇五)、《城乡简史》《这鸟，像人一样说话》(二〇〇六)以及稍后的《父亲还在渔隐街》(二〇〇七)均是农民工题材的小说。

对于为什么要放弃苏州故事的描写转向对农民工群体的关注，范小青说:“过去的三十年，我一直在苏州写作，给人印象就是苏州作家的特色，小桥、流水、人家，以这种风格为主的小说，好像早已经定位了。这一类的小说我自己把它们叫作‘状态’小说或者‘情致’小说，不是按照传统小说的样子来写的，人物个性不鲜明不突出，故事不是大起大落惊心动魄，只讲究一种气场，讲究一种情状，讲究一点韵味。”①

① 范小青:《在变化中坚守，或者，在坚守中变化》,《扬子江评论》2009年第1期。

“所以，在许多年的写作中，我笔下的人物和事情，无论如何也离不开这种特定的色彩，也正是这种色彩，让我的不大能让人记住的小说中，也能够有几篇让人记住了，比如中篇小说《顾氏传人》《文火煨肥羊》，短篇小说《瑞云》《鹰扬巷》等，发表十多二十年了，至今还有人记得并且提起，这让我倍感欣慰和振奋，于是我始终就认为，这是我的立足之本，这是我的写作之源，于是我也就始终地坚持着走自己的路，知道这种只能轻轻拨动一根怀旧心弦的文章不能引起轰动，知道这种慢悠悠的调子赶不上时代的节拍，但不能轰动就不能轰动，赶不上节拍就赶不上节拍，还是始始终终坚守着一点对生活的感受，坚守着一点真诚和一点偏爱。虽然期间有各种诱惑，有来自各个方向的引力，也曾经被吸引去了一下，但很快又回来了，很快又回到自己的路数上，津津有味地继续耕种着只属于自己的那一小片土地。本来是想踏踏实实地把自己的路走下去，走到底，无论怎么的狭隘，无论怎么的不合时宜，至少守住了自己内心的感受，守住了一份独特的追求，就这么坚持着走下去吧。可是，走呀，走呀，忽然有一天，也许不是在某一天，而是在某一段时间，相当短或相当长的某一段时间，就发现路没有了，回头看时是有自己的脚印的，但前边却没有了去路。我想回到‘从前’，却怎么也回不去了，张老先生李家姆妈不再坐在天井里乘风凉，顾家的老小姐们也早已作古，鹰扬巷拆除了，变成了大街，街名叫世纪大道，一针一线缝衣裳的小裁缝瑞云，已成为一位叱咤风云的服装界女企业家，那种我所钟情的静悠悠慢吞吞的生活一去不复返了，这个城市，这个我从小到大都没有离开过的城市让我迷失了方向，让我丢失了根本。但我不甘心，活着的新的城市中找不到了，我到死了的旧了的故纸堆里去找，找出我的人物，找出我的事件，找出我写作的对象来。”①

所谓的“不甘心”以及“到死了的旧了的故纸堆里去找，找出我的人物”，即二〇〇一年，在《鹰扬巷》之后，范小青又返回头去创作了《六福楼》《朱家园》《想念菊官》这样的“苏味小说”。但是很快，范小青便放弃了对苏味小说最后的坚持，因为“像《鹰扬巷》里的老头老太太也仍然在小城的角落里晒太阳，但是我得去寻找他们了。而不用我寻找、送上门来的，满目都是的，就是我们的农民工了”②。于是她笔下出现了两种新人物：“我只有再把眼光投回到活着的生活中来，渐渐地，我的创作出现了变

① 范小青：《变（创作谈）》，《山花》2006 年第 1 期。
② 见范小青和汪政的通信。

化，我笔下的人物，不再是清一色的小巷遗老遗少，我写的故事，也不仅是大小姐爱上了门房，二小姐一辈子守寡。现在在我的笔下，老苏州们仍然是在的，但又出现了一些新的人物。这些新的人物，大概可分作两拨，一拨是干部，另一拨是农民工。”①

农民工进城打工，这是我们今天城与乡的现实。写这些苏州故事，范小青不需要沉潜到苏州往事中去钩沉、打捞。范小青说：“我就是《城乡简史》里的那个自清，我家的书和报纸多，三天两头卖旧货，收旧货的人就来了；我家的人都喜欢喝茶，用水就多，送水工也是三天两头就来了；装修房子的时候，我和装修工人也打成了一片，因为漂亮的房子是从他们手里出来的；天长日久的生活中，我们需要许许多多的帮助，水管坏了要水暖工，房屋漏了要泥水匠，到超市购物，营业员是外来的，连每天来送报纸的邮递员也是外来工。在我住的小区门口，每到过年前的时间里，就会出黑板报，写着年关将近，外地人要回家过年，希望业主提高警惕等等的内容。当然，写板书的人，和吩咐写板书的人，都是保安，保安也是外地人，他们的忠于职守，他们对进入小区的外来人的严查死守，

---

① 范小青：《变（创作谈）》，《山花》2006 年第 1 期。

让我感动，同时又让我说不出话来。这就有了我的小说《这鸟，像人一样说话》。真的都是生活赏赐给我的。就这样，我们无可躲避地被外来工农民工侍候着，服务着，包围着，这种扑面而来的风潮，大力地扇动了我们的心灵和创作的灵感。”①

范小青笔下的农民工形象是：“他们辛辛苦苦为城市卖力卖命却被城市踩在最低层，他们渴望融入城市却被城市排斥，甚至他们一分钟前还是一个城市的创造者，一分钟以后就变成了城市的破坏者，他们的精神游离在城市文明与乡村民风之间找不到归宿。这是一种新型的边缘人。”②但是，值得注意的是，范小青在描写这类“新型边缘人”时，又给他们打上了苏州文化的烙印。“范小青笔下的农民工都是那种比较老老实实的，但是又有点小智慧小狡猾的那种，这样的农民工实际上有着苏州文化背景，比如王才的满足。”③

其实在更早一点的《城市之光》中，范小青就揭示了农村包围城市的现实。“城市之光”诱惑着乡下人“像鸟

---

① 见范小青和汪政的通信。

② 范小青：《变(创作谈)》，《山花》2006年第1期。

③ 陈来生：《世态人情的倾情关注和独特观照——读范小青和她的〈城乡简史〉》，《名作欣赏》2008年第5期。

一样飞来飞去”。乡村把城市想象成“城市之光”。但事实上，城市不是他们的“我城”，“城市之光”也只是他们的幻觉。城与乡的尖锐抵牾和隔阂是中国往事，也是中国现在，肯定还是中国一段时间的未来。《城乡简史》中，自清是一列火车，王才是另一列火车，两列火车只可能擦肩而过，不可能相遇，相遇就撞上了，它们不会撞上的。在这些小说里，范小青把二十世纪初由鲁迅、叶圣陶开创的“隔膜”主题翻出时代新意。即使自清关心同情王才，即使王才向往城市，满足于城市的底层生活，但隔膜是不可回避、无可否认的。

现在大量的农民工存在于我们的生活中，我们的城市生活已经离不开农民工了。大家也开始关心和关注农民工，关心他们的生存，关心他们在城市里所遭受的不公平和歧视，关心他们的艰辛。很多作家开始尝试写农民工题材，但是，正如周景雷所指出的：“现在有一种趋势，那就是极端化的农民工写作或弱势群体写作，这似乎已经成了我们的写作惯性。即通过极端化的人物、极端化的场景和极端化的事件构置成一个极端化的叙事。这个叙事呈现给我们的是黑暗的血淋淋的空间，那里布满了苦难、灾难和不平等、不公正，人性极度扭曲。固然这种写作在一定层面上表现了作家面对现实的勇气、‘不惮于'苦难的决心，但在一定程度上丧失了人间的温情和对人性的常态显示。"①

不过范小青没有这么写，周景雷认为："她用常态的底层写作抵制了这种写作惯性。"②《城乡简史》中，她写了王才进城后的满足和幸福感。王才阴差阳错拿到了城里王自清的账本，账本中记载的四百七十五元钱一瓶的"香薰精油"激发了王才进城的欲望。举家进城后，虽然住的是王自清邻居家的车库，干的是收废品的工作，但是王才一家由衷地感到城市生活的幸福，因为城里连电扇都能捡到，菜场地上的菜叶居然不要钱随意捡。《这鸟，像人一样说话》中，写了外地的年轻情侣宣梅和她的男朋友学讲苏州话融入当地的努力。《像鸟一样飞来飞去》中，写进城打工的郭大牙错拿了郭大的身份证，只好"冒名顶替"郭大在城里打工生存，由此又或多或少闹了笑话。在更早的写于一九九九年的《平安夜》中，范小青这样开始她的叙述："满贵从城里给牛寄了一封信，信上说，牛，你来吧，城里的自行车多得不得了，满大街都是的。"在第一次偷自行车得手后，比牛进城早的满贵对牛

① 周景雷：《温暖的现实主义——关于范小青近期的短篇小说》，《南方文坛》2008 年第 2 期。

② 同上。

说："城里的街上都是钱。"有了钱就可以吃"洋盘"，可以娶鹅。满贵对牛的城市启蒙是残酷的也是真实的。范小青涉及农民工这块的时候，笔调总是轻松甚至调侃的。她塑造的底层人物，虽然千姿百态，有各式各样的人生，却无一不是脚踏实地挣扎在生存线上又容易满足的，而这种满足和幸福背后的辛酸，更让人心酸。

如果注意一下这类小说的结尾，就会发现范小青常常采用反转手法。比如《这鸟，像人一样说话》中，说一口地道苏州话的"老苏州"刘老伯，总在年关岁末坐在楼底下，提防着外地人偷东西，宣梅的男朋友一开口就被他识破讲的苏州话不正宗不是本地人，所以总要在他上楼前对他盘问再三。结尾，刘老伯患老年痴呆，开口说话口音奇怪，后来大家才知道刘老伯讲的是边远地区只有少数人会的一种方言，而那个地方正是刘老伯的故乡。原来资格最老的"老苏州"也是外地人。范小青在最近一次采访中谈到《城乡简史》反转的结尾："我十分惊喜地阅读到卡尔维诺的一个短篇小说，写一家人逛超市，其实身上根本就没有钱，但是所有家人都尽情地挑选自己喜欢的东西和家里需要的物品，堆放了满满的一推车，当然，最后他们必然是要把这些物品一一地放回原处的。但是小说的结尾出现了意外，使得他们意外地带走了货物。这个意外是轻逸的，但又是更沉重的。这是一次精神之旅，一种令人心酸的精神满足，是城市贫困人群的共同际遇，所以，我不得不又一次感受到我们的相遇。在我的一个短篇小说《城乡简史》中，乡下人王才和他的儿子王小才看到城市人账本上记着一瓶昂贵的香薰精油，他们无法理解香薰精油。后来他们进城打工了，最后，他们终于在城市的大街的玻璃橱窗里，看到了香薰精油。‘王小才一看之下，高兴地喊了起来：哎嘿，哎嘿，这个便宜哎，降价了哎。王才说，你懂什么，牌子不一样，价格也不一样，这种东西，只会越来越贵，王小才，我告诉你，你乡下人，不懂不要乱说啊。’面对城市的昂贵消费，他们表现出来的不是羡慕嫉妒恨，而是惊喜和坦然。”①细细品味这些戏剧化的结尾，我们就会发现这戏剧化是笑中带泪的。

“城乡简史”，幸福背后是辛酸。但这并不意味着范小青的“城乡简史”一开始就是这样的。至少在一九八二年范小青写《萌芽》这个“城乡简史”的序幕时，乡下人面对城市的诱惑似乎还能从容应对，拒绝和选择。《萌芽》中，阿琴放弃进城，她想的是“城里的事情总会有人去做，

---

① 范小青和傅小平的访谈：《我喜欢那种深入到肌理细纹里的微妙之感》，《东吴学术》2014 年第 4 期。

回家种田又不是什么不光彩的事”。而二〇〇二年范小青出版了《城市之光》,阿琴的农民兄弟田二伏们却为了谋一份城里的事,在陌生的城市东奔西走。此刻,如果再改写《萌芽》,范小青会让阿琴怎么去想呢?

此次转型,不是简单的“写现实”,而是时易世变内化为作家的现实和审美感受,进而带动作家艺术趣味的转向。至此,在范小青笔下,苏州城非彼城,人亦非旧人。

二〇〇七年

五十二岁。

一月,范小青迄今最重要的长篇小说《赤脚医生万泉和》连续刊登于《西部·华语文学》第一、第二期。七月,该长篇小说由人民文学出版社出版,并入选中国小说学会二〇〇七年度长篇小说排行榜,二〇一〇年八月入围第八届茅盾文学奖二十部提名作品。

九月,随江苏作家代表团出访美国。十月,短篇小说集《像鸟一样飞来飞去》由春风文艺出版社出版。短篇小说《我们的战斗生活像诗篇》获《小说选刊》二〇〇三—二〇〇六年“贞丰杯”小说奖,短篇小说《城乡简史》获第四届鲁迅文学奖全国优秀短篇小说奖,长篇小说《女同志》获第十二届《小说月报》百花奖、江苏省第六届“五个一工程”奖,长篇小说《城市表情》获第十届全国“五个一工程”奖。短篇小说《父亲还在渔隐街》发表于《山花》第五期,并被《小说月报》第七期转载,该小说二〇〇九年获第十三届《小说月报》百花奖;短篇小说《蜜蜂圆舞曲》发表于《作家》第五期,并被《小说选刊》第六期转载;短篇小说《不记得你是谁》发表于《中国作家》第十期,并被《小说月报》第十一期转载。此外发表的短篇小说有《面粉》(《光明日报》五月二日)、《李小兰和她的朋友》(《黄河文学》第九期)、《谁能说出真相》(《北京文学》第十二期)。同年,在《芒种》第九期发表中篇小说《花儿为什么这样红》。

同年,《西部・华语文学》第五期刊登了范小青、汪政的《灯火阑珊处——与〈赤脚医生万泉和〉有关和无关的对话》。其他评论有:何镇邦的《〈女同志〉:范小青小说创作的新路标》(《扬子江评论》第五期),何西来的《心灵镜面上的当代江左女官图——评范小青长篇小说〈女同志〉》(《扬子江评论》第五期),吴俊的《曾经想歪过的“女同志”——范小青〈女同志〉评论》(《西部》第一期),董之林的《感而能谐,婉而多讽——读范小青〈女同志〉》(《西部・华语文学》第一期),周景雷的《用本分和善良来校正我们的世界——关于〈赤脚医生万泉和〉的意义与万泉和这个人》(《当代作家评论》第五期),孟繁华的《乡土中国的世风和人心——评范小青的长篇小说〈赤脚医生万泉和〉》(《当代文坛》第五期)。

十二月八日,范小青小说创作研讨会在南京召开。中国作协副主席陈建功以及著名文学评论家丁帆、王彬彬、林建法、何西来、吴秉杰、胡平、李敬泽、张陵、牛玉秋、王尧、吴义勤、施战军、贺绍俊、孟繁华、谢有顺、李建军、吴俊、黄毓璜、汪政、樊星、费振钟、王干等出席研讨会。与会专家认为,范小青的小说常常表现的是转型时期人的身份的危机感和人与人之间沟通理解上的焦虑感,但小说写得不冷酷,反而带有某种温情。她一直站在生活的最前沿,用心去贴近日常生活中普通人内心的感受和经验,这使她的作品既有关怀意识,也有大的思考在里边,读这样的小说,能让人在平静的阅读中体会到一种强烈的内心震撼。

《赤脚医生万泉和》标志范小青从《裤裆巷风流记》开始的二十年写城市题材、写干部题材的长篇小说写作暂告一段落。范小青是个不安分的作家,她的小说创作也一直处于“变与不变矛盾中”。“其实我一直在苦苦思索关于变的问题。我想我在艺术上是不是个没有定性的人。当然,变这个话题,早些年没有,至少在写《百日阳光》前谈得很少，别人也不说，自己也不想。但在写了《百日阳光》后，这个话题就开始进入到日子中来了。不光是长篇小说，短篇小说也在变。也是众说纷纭，有人说应该变，有人说不应该变，有人说变得好，有人遗憾变糟了。我自己呢，则年年月月日日地处于这种种议论的影响中，左右摇摆，我也想不明白是变好呢还是不变好，我更不明白是变得好了呢，还是变得糟了。好在没有因为摇摆就走不动路了，就停下来了，在摇摇摆摆中一直走着。"①《赤脚医生万泉和》出版后，范小青说："小说出版后，有人说，你前几年的长篇小说创作，似乎多以城市题材、干部题材为主，比如《城市表情》《女同志》等，怎么一下子变化了、转到农村题材了呢？我是写完了《赤脚医生万泉和》再回过头来想这个问题的。我们的社会正处于一个城市化的过程，我们的城市越来越大，因为它周边的乡村都成了城市的一部分，我们的农田越来越少，农民都进城当了市民，农村都已经是城镇模样，造起了和城里一样的房子等等。尤其是经济发达的地区，这里的农村正经历着千百年来最最巨大的变化，如果说过去的几千年几百年，或

① 范小青、汪政：《灯火阑珊处——与〈赤脚医生万泉和〉有关和无关的对话》，《西部·华语文学》2007 年第 5 期。

者说最近的三十年，农村也发生了巨大的变化，但那个变化还只是一种量的变化，从穷变富，从封闭变开放，从落后变进步等等，但就是这两三年时间，我们周边的农村发生了令人震惊的质的变化，因为它已经不再是农村了，农村消失了，农民没有了。这正是我们所需要的梦寐以求的城市化、现代化。但奇怪的是，我却发现我的内心却越来越依恋农村，依恋我曾经呆过的那个时候的农村，我的思绪常常回到那片也许已经消失了的农田，常常回到那个曾经偏僻的村庄。那一座农村的院子，也就是这本《赤脚医生万泉和》的封面上画着的那个院子，我曾经住过，三十多年以后，它还一直浮现在我的眼前，挥之不去，梦回萦绕……”①

《赤脚医生万泉和》的写作既有范小青过去记忆也有当下生活的激活。范小青在少女时期下放至农村：“一九六九年底我们全家从苏州下放到江苏吴江县农村最南边离浙江很近的那里，就是茅盾的故乡乌镇那里，就是半农半桑地区。我们到了农村住的那个院子，就是万泉和家的院子，几乎一模一样。去年我们苏州五个女作家（都是

---

① 范小青：《在变化中坚守，或者，在坚守中变化》，《扬子江评论》2009年第1期。

从吴江出来的)搞了一次回娘家的活动，回到吴江，回到各自呆过的村里。我回到了当年的那个院子，大屋都拆掉了，造了新楼房，但令我惊喜的是院子的模样还在，院子前边的两间小屋都还在，小屋还跟当年一样，不派什么大用场，堆放一些杂物。当年我们大队的合作医疗站就在我们的院子里，所以万泉和画的图是非常非常接近真实的，几乎就是零距离。我那时候还小一点，不可能当赤脚医生，但是我向往当赤脚医生。我母亲得了肺结核，天天要打针，我就勇敢地尝试给她打针，结果就像万泉和一样，手抖得像筛糠，针头还没有碰到皮肤，药水已经被我推光了，我母亲哈哈大笑。我母亲病了大半辈子，苦了一辈子，但她是个浪漫的人，小资的人，是个富于幻想的人。后来稍大一点，高中的时候了，又因为全国轰动的针灸治聋哑人的事情，感觉自己也应该做那样的事情，想方设法去弄来一些针灸的书，弄了几根针，但自己被那些细长的闪亮的针吓着了，连尝试一下都没敢。但无论怎么样，在我刚刚懂事开始成长的那时候，就是在'赤脚医生'这个大环境中度过的。"[1]年少时积累的医学知识和农村生活

① 范小青、汪政:《灯火阑珊处——与〈赤脚医生万泉和〉有关和无关的对话》,《西部》2007 年第 5 期。

经历，是写作《赤脚医生万泉和》的一个宝贵经验。范小青说："已经过去了三十多年，但它始终在我心里，很清晰，一点也没有淡去，反而随着年龄的增长，越来越浓，越来越重。"①

评论家汪政注意到了"当下生活"对范小青"过去经验"的激活。"它（指《赤脚医生万泉和》）从'文化大革命'一直写到了改革开放。写赤脚医生为什么要写到今天？作为中国特定时代的产物，它早已退出了历史舞台，但中国农村的医疗问题依然存在，甚至，比那个时代更尖锐、更突出。小说实际上是通过赤脚医生写中国农村的医疗的，而这一方面又与中国的历史与现实状况密切相关，我觉得这就是《赤脚医生万泉和》的三层语义结构。"②范小青则认为："几十年来，社会发生很大的变化，体制、制度变来变去，苦的却还是农民。幸好有个万泉和，他那么笨，但是他心底里很爱农民，他不会看病，但农民生了病，他就得替他们看病，他不能逃脱，他逃脱不了自己内心的慈悲，他是有大慈悲的人。所以写到后来就觉得该问一问，社会变了又变，但到底是为谁变的，是为了谁的利

---

① 范小青、汪政：《灯火阑珊处——与〈赤脚医生万泉和〉有关和无关的对话》，《西部》2007 年第 5 期。

② 同上。

益——这几句话可能太‘政治’了一点，作品中没有写这样的‘政治’，只是写了万泉和这个人和其他的一些农民。”[①]《赤脚医生万泉和》是一部当代政治下中国村庄的百科全书。“下放”“宣传队”“再教育”“中西医结合”“大队”“革委会”“村”，范小青的后窑是中国当代政治生态具体而微的样本。范小青自己认为：“以后窑村为个案，在一个特殊地域文化的背景下为中国几十年的变化提供了一份乡土中国的个性化书写……‘乡土中国’在长期的生存中生成出相当强大的自满自足的具有抵御、同化、包容与自我修复功能的文化体制，相对于各个时期的国家制度生活，它们看似弱小，但实际上却相当顽强。”“乡村的这种固执与顽强使中国的乡土生活始终呈现二元并峙的、交融与妥协的局面。不仅是‘文革’、改革开放等这些中国大事，任何一种公共行为，乡村都会做出自己的应对，比如乡村医疗，比如赤脚医生。”[②]新时期以来，“黑白电影”“下放”“知青”“反标”“宣传队”“右派”“批斗”“牛鬼蛇神”“上山下乡”“计划生育”等这些前社会主义中国的政治话语早已成为文学符码，不断被编织进文学叙述。

---

① 范小青、汪政：《灯火阑珊处——与〈赤脚医生万泉和〉有关和无关的对话》，《西部》2007年第5期。

② 同上。

值得一提的是，与“赤脚医生”相关的中国当代乡村“疾病”和“疗救”实践是中国当代社会主义政治的一个重要部分。“赤脚医生”从命名到退场本身就是当代中国政治的风起云涌在乡村底层的样本。《赤脚医生万泉和》中，万泉和、万人寿、涂三江、吴宝、马莉等所从事的乡村医疗实践活动构成了一部完整的文学版的中国当代乡村民间医疗史。乡村被“赤脚医生”式的“政治”改造，又以自己的方式反抗被改造。在《赤脚医生万泉和》中，后窑的世俗和传统与当代中国乡村政治生态纠结缠绕、幽暗不明。学者周景雷认为：“涉及民间性这一问题时，好像正义本身不能成为判别的标准。如果说在国家主义的历史书写中强调的是政治正义的话，那么在民间历史书写中强调的则是传统道德伦理色彩。”[①]所以范小青说在《赤脚医生万泉和》中“没有写这样的政治”，其实不是没有写，而是比起“政治”，她更关注的是“传统道德伦理”。

后窑村相当长的时间曾经叫后窑大队。从大队而村，涉及的是当代中国基层政权的更替，而这也是小说《赤脚医生万泉和》的时空疆域。小说一开始，读者是因

---

① 周景雷：《用本分和善良来校正我们的世界——关于〈赤脚医生万泉和〉的意义与万泉和这个人》，《当代作家评论》2007年第5期。

为小说叙述者"我"万泉和要确立自己的位置而知道后窑的。"如果要想知道我在村子里的位置，还得画一张全村的图，这个村子叫后窑大队第二生产队。"从小说的日常风物，行船插秧割稻罱河泥来看，"后窑"在中国地理版图的位置，应该是江南一隅。"后窑"差不多是一个乡土中国的熟人社会。"后窑"的社会成员主要当然是"农"，其中也夹杂了万老木匠这样的"匠"，"七岁就会跳大仙的胡师娘"这样的"巫"，以及蒋先生这样的乡村知识人。及至后来也出了万小三子这样的商人，裘奋斗这样的律师，而赤脚医生万泉和也曾经貌似一个工人，短暂地在一个做假药的村镇工厂上班。但万小三子和裘奋斗的成就基本上溢出后窑的地理边界。后窑政治领袖——队长、大队支书裘二海"又叫'裘霸王'，霸道出了名，方圆七八个村庄的都知道"。而裘雪梅、裘幸福不但先后接替了裘二海的职位，也继承了他的霸道。在这方面，《赤脚医生万泉和》揭示的是中国基层乡村政治的现实。

换个角度，不只关注后窑社会成员的身份，后窑也少不了在每个小说场景中出现的看客。后窑闹热的事情不多，看宣传队演出、吃一顿大肉和看胡师娘跳大神是后窑在"大队"和"村"时代可数的两件盛事。当然不得不提的是小说中时时弥漫的流言，这使得后窑人的日常生活有了一些交头接耳鬼鬼祟祟的生趣。传统的中国乡村有内外流动,也有上下篡位,但并不剧烈。但进入当代中国后,这样的变动天翻地覆。《赤脚医生万泉和》关注当代政治之下的乡村变动。“医”“巫”两分,共同参与乡村的医疗活动是中国的传统,也是后窑的当下现实。虽然胡师娘一度因为政治环境恶劣退出后窑,但随着政治的宽松和乡村合作医疗制度的瓦解——一如小说中“我”的叙述:“我听说胡师娘回来了,她不再到处流浪,在自己家里摆了场子跳大仙,生意很兴隆,像城市医院的专家门诊,要预约,还要排队呢。”——后窑“医”的构成成分比“巫”要复杂得多。小说主人公万泉和的医生身份不是通过家传获得的,而是当代社会主义医疗制度所赋予的,虽然这中间羼杂了政治潜规则。应该看到,不只传统乡村政治和宗族制度盘根错节,中国当代乡村政治同样公私夹缠。

和中国现代文学“疾病”的隐喻叙述不同,《赤脚医生万泉和》的“疾病”叙述可以说是非隐喻性的,让疾病回到疾病,展开了数十年后窑的疾病地理。《赤脚医生万泉和》不在“疾病的隐喻”上着力,别着调要偏离现代中国文学乃至世界文学的“疾病”隐喻叙述传统,它究竟居心何在?《赤脚医生万泉和》封底上有一段批评家汪政和范小青的对话。汪政说:“与你对话的这几天我还在断断续续地翻读这部小说，我可能将一些东西想得太多太实了。倒是应该把眼光往远处放放的，看得模糊一点，放远了看，就是一个影像，一种色调，闭上眼睛，就是一个人的声音，万泉和的声音。我们对逝去的生活有怎样的心情？又该如何表达？能找到那个代言的真是不容易，心情意绪都那么合拍，真的不容易。一个木讷的人，说出来的话时时要让聪明人发笑的，但到后来，一种苍凉上来了，想让也让不掉。到这时，一切细部的发微倒显得多余。”范小青则说：“你对万泉和的这一小段总结，让我激动，真的有点热泪盈眶。我和你的感觉一样，闭上眼睛，就听见万泉和的声音，也看到他惴惴的样子，总是惴惴的。他对生活的敬畏，他对人间的温情，他对世界的宽容，他对人类的博爱，他和他爹的几十年生活，这一切都使我感动——我对自己笔下的人物少有这样的感动。”在后窑的每一场或大或小或长或短的疾病和疗救中，总能感到万泉和“惴惴”的身手和心跳。范小青只是让疾病回到疾病，与此同时，也让小说回到最朴素地写出一个活生生的人来。

《赤脚医生万泉和》的一个引人注目的贡献应该是“万泉和”这个异人。可以这样说，在一个文学人物式微的时代，范小青提供了一个能够让我们记住的“人”。《赤脚医生万泉和》不只写万泉和的变形，“畸人”万泉和在后窑人眼里又是一个“异人”。小说写万泉和的鬼眼，写万泉和的治病异秉独具。文章采取第一人称即万泉和的视角，故事的最后才揭开谜底——万泉和是一个脑膜炎患者，于是读者才开始回味之前的叙事是有失客观性的，甚至不是一个正常人的叙述。为什么要采用这样一个特殊视角？范小青说：“《赤脚医生万泉和》这部小说渗透或者表露我的文学观念更透彻更深入一些。我用第一人称写了一个笨人，这在我过去的小说中是比较少见的。万泉和很笨，但他是一个有情怀的人，现在我们周围聪明人很多，聪明人也是有情怀的，但是聪明人的情怀，大多数给了自己。也许只有不太聪明的人，才会把自己的情怀，把自己的爱，送给需要关心需要帮助的人。于是就有了一个脑膜炎后遗症患者万泉和来当农村的医生，村里的农民说，除了脑膜炎，谁来给管农民的病痛啊？我的写作总的说来是温情主义的，有时候明明可以也应该写得凶一点，刀口锋利一点，但是温情这东西总是缠绕在我的心头和笔下，让我丢弃不掉。万泉和笨，但他善良，有慈悲心肠，正好吻合我的审美要求，写起来特别舒服，所以会写得得心应手，有一种痛快淋漓的感觉，如果换一个凶恶的人，或者阴险的人，我不知道自己能不能把握好。过去我的小说有许多是符号式的，很容易就冠上‘小巷式’的帽子，或者贴上‘苏味’的标签。在《赤脚医生万泉和》里符号式、标签性的东西隐藏起来了，但是本质的内在的东西没有变，仍然坚守着。”①

二十世纪八十年代以来，差不多是从《浮躁》《古船》之后，近现代中国乡村的历史变革成为中国文学，特别是长篇小说的重要写作资源，在评价这些小说的审美价值时，“史诗”是不时被提出的艺术尺度，但具体到批评实践，常常也会发现很多的判断只是建立在对这些小说追求“史真”的勇敢以及所能见证和抵达历史真相的辨识上，往往忽视对其“史诗”之诗意、美学追求的谛视和品藻。这种文学风向越来越使得当下涉及近现代中国乡村史的长篇小说趋近历史学、社会学、人类学。范小青的写作一直在变与不变的徘徊中前进，然而她所言的坚守的东西就是“想丢都丢不掉的，只有事关生命的东西”②。坚守的就是她痴迷于刻画大时代下细微的个人，而没有追求“史诗”般叙述的“雄心壮志”。范小青说：“一个很笨的人，他不能承担很多的东西，于是他也就不用承担很多

---

① 范小青：《在变化中坚守，或者，在坚守中变化》，《扬子江评论》2009 年第 1 期。

② 范小青、汪政：《灯火阑珊处——与〈赤脚医生万泉和〉有关和无关的对话》，《西部》2007 年第 5 期。

的东西，他只要过日子就行，甚至是被动地过日子，被时代和命运之类抛来抛去，在生活中跌来爬去，就是他的一生。背后有什么东西，用不着他自己说，他也说不出来。”“隐去政治的背景，不写‘文革’，不写粉碎‘四人帮’等，不写知青，不写下放干部。所以，除此之外，就只写在万泉和眼睛里看到的事情和少许他听到的事情。”①

范小青是不相信有一个孤悬于国家之外的“飞地”的，范小青选择将诸种意识形态暂时搁置，转而沉潜在村落中间，作为村落内部的解密和揭秘者而存在。这就使得范小青的“小说时间”呈现出非对抗和非替代的并置和缠绕。在《赤脚医生万泉和》中，范小青从来都没有试图去否定宏大的国家时间，事实上，即使去否定，宏大的国家时间依然主宰着万泉和这些草民的命运，但对于草民万泉和来说，另有一个时间可以成为他存在的依据——小说的最后万泉和想起父亲万人寿讲过的一个故事：从前有一个和尚，耐不住庙里的寂寞，出来跟女人结了婚，生了三个儿子，最后他的女人死了，他家里一无所有，他又带着三个儿子一起去当和尚了。在这里，宏大时间和

① 范小青、汪政：《灯火阑珊处——与〈赤脚医生万泉和〉有关和无关的对话》，《西部》2007年第5期。

对宏大时间的抵抗变得没有意义。在《赤脚医生万泉和》中，在范小青心目中，万泉和对生活的敬畏，对人间的温情，对世界的宽容，对人类的博爱，一定程度上都建基于对这种时间的体认之上。

从长篇小说文类的角度，《赤脚医生万泉和》即使有着一个建构史诗的时间跨度，范小青似乎更贪念的还是世俗传奇的细枝末节。"五四"以后，长篇小说在西方文学的传统上发展成一种繁复、庞大的文类。中国传统长篇小说的那种连缀、片段、闲扯的作派往往被目为过时和守旧，现在我们看到这一切在《赤脚医生万泉和》中得到复活。小说共十八章，一个小故事一个小故事地娓娓道来，说闲话说鬼话说家长里短，怪怪奇奇，假作真来真亦假。范小青的作品一直在求变，但是如她所说，她的写作总的说来是"温情主义的"。这是本质的内在的东西，也是她一直坚守的东西。正如周景雷所说："《赤脚医生万泉和》是历史主义写作转型期的代表作品，同时也是作者在自己创作生涯中关于文学内蕴转变的最好作品。我注意到，善写小人物和底层的范小青正在竭力表达一种对善良、本分、温暖、正义的渴望。此前在《我们的朋友胡三乔》《谁住进了我们的墓地》等短篇中仅是一种局部表达，而在这部长篇中却得到了集中展示。她试图以此来抵抗因物质主义盛行所带来的冷漠与虚伪。如果说文学还要担负一定职责的话，那么这未尝不是写作者所要关注的方向。”①

二〇〇八年

五十三岁。

一月，当选政协全国委员会委员。十一月，长篇小说《赤脚医生万泉和》获第三届江苏省紫金山文学奖。短篇小说《谁能说出真相》(《北京文学·精彩阅读》二〇〇七年第十二期)被《小说月报》第二期转载，并获第四届《北京文学》奖。同年发表的短篇小说还有《请你马上开花》(《长城》第一期)、《厨师履历》(《长城》第一期)、《回乡记》(《北方文学》第一期)、《颊带惆怅为哪桩》(《当代》第二期)、《右岗的茶树》(《山花》第三期)、《杏花仓不是最后的仓》(《作家》第四期)、《村前村后》[《小说月报》(原创版)第五期]、《幸福家园》(《人民文学》第五期)、《准点到达》(《钟山》第六期)，其中《准点到达》被《小说月报》

---

① 周景雷:《用本分和善良来校正我们的世界——关于〈赤脚医生万泉和〉的意义与万泉和这个人》,《当代作家评论》2007年第5期。

二〇〇九年第一期转载。发表中篇小说《暗道机关》，并被《小说月报》第五期转载。

该年关于范小青的重要的文学评论有：王尧的《转型前后——阅读范小青》（《当代作家评论》第一期），贺绍俊的《现实主义的意义重建》（《当代作家评论》第一期），汪政、晓华的《天工开物——范小青短篇小说札记》（《当代作家评论》第一期），何平的《范小青的“我城”和“我乡”》（《当代作家评论》第一期），洪治纲的《承纳与救赎——评长篇小说〈赤脚医生万泉和〉》（《当代作家评论》第一期），南帆的《良知与无知——读范小青的〈女同志〉、〈赤脚医生万泉和〉》（《当代作家评论》第一期、《新华文摘》第六期），樊星的《范小青与当代神秘主义思潮》（《小说评论》第一期），陈来生的《世态人情的倾情关注和独特观照——读范小青和她的〈城乡简史〉》（《名作欣赏》第五期），樊星的《别致的哲理小说——读范小青的短篇小说〈城乡简史〉》（《名作欣赏》第十五期），周景雷的《温暖的现实主义——关于范小青近期的短篇小说》（《南方文坛》第二期）。

二〇〇九年

五十四岁。

长篇小说《女同志》由作家出版社再版。二月，《扬子江评论》“名家三棱镜”栏目发表了潘向黎的《琴心剑胆范小青》和施战军的《当代世情小说之翘楚——范小青论》，对范小青予以推介。樊星在《学术月刊》第八期发表《当今女性文学与神秘主义》。

发表于《山花》第一期的短篇小说《茉莉花开满枝桠》被《小说月报》第三期转载；发表于《作家》第四期的短篇小说《我在哪里丢失了你》获“腾冲杯”中华文学奖。同年发表的短篇小说还有《出场》(《中国作家》第六期)、《你要开车去哪里》(《北京文学》第七期)、《国际会议》(《人民文学》第七期)以及《老虫的人生轨迹》(《芒种》第七期)。

六月，江苏省委任命范小青为江苏省作家协会党组书记、书记处第一书记。

二〇一〇年

五十五岁。

二月，江苏省作家协会第七次代表大会在南京召开，范小青当选为江苏省作家协会主席。四月八日受聘东南大学兼职教授，并作题为《文学进行时——当下的文学与社会》的主题演讲。五月，获中国小说学会第三届“学会大奖短篇小说奖”，同时获奖的有方方、严歌苓、张翎。七月，四川大学出版社出版了张德明的《范小青小说创作论》。九月，《小说评论》“小说家档案”栏目发表李雪和范小青的访谈《写作的可能与困惑——范小青访谈》、范小青主要作品目录以及相关研究论文。

一月，文化艺术出版社出版短篇小说集《暗道机关》。五月，人民文学出版社出版《范小青短篇小说》四卷本，包括《你越过那片沼泽》《人间信息》《寻找失散的姐妹》以及《我在哪里丢失了你》四部。短篇小说《我们都在服务区》发表于《人民文学》第四期，分别被《新华文摘》第十一期、《小说选刊》第十一期、《小说月报》二〇一一年第六期转载，并获二〇一一年《人民文学》短篇小说奖，同时入选中国小说学会年度短篇小说排行榜。在《北京文学》(精彩阅读)第三、第七期分别发表短篇小说《永恒的追求》《接头地点》，其中《接头地点》分别被《小说选刊》第七期、《小说月报》第九期以及《中华文学选刊》转载，并获二〇一一年《北京文学》奖。短篇小说《生于黄昏或清晨》发表于《收获》第五期，同时被《小说选刊》第十一期、《小说月报》

第十一期转载。另外，《来自何方的邮件》发表于《作家》第九期。中篇小说《嫁入豪门》发表于《上海文学》第八期，分别被《小说月报》第十期、《中篇小说选刊》第六期转载，并获二〇一一年第十四届《小说月报》百花奖和二〇一二年《中篇小说选刊》奖。

二〇一一年

五十六岁。

十一月，中国作家协会第八次全国代表大会在北京召开，范小青再次当选为中国作家协会第八届全国委员会委员。这年，在《山花》第一期发表短篇小说《越走越远》，被《新华文摘》第九期转载。在《北京文学》（精彩阅读）第七期发表短篇小说《寻找卫华姐》，并被《新华文摘》第二十三期、《小说月报》第九期转载。在《作家》第六期发表短篇小说《我们的会场》，同时被《小说月报》第十期、《小说选刊》第十期转载。在《上海文学》第十一期发表短篇小说《天气预报》，再次被《小说月报》二〇一二年第一期、《小说选刊》第十二期同时转载，并获二〇一三年《小说月报》百花奖。此外发表的短篇小说还有《哪年夏天在海边》（《收获》第五期）等。

九月,《赤脚医生万泉和》后另一部重要的“回到农村”的长篇小说《香火》发表于《人民文学》第八期,并由江苏文艺出版社出版。同年,江苏文艺出版社出版短篇小说集《城乡简史》,长篇小说《城市表情》和《裤裆巷风流记》由天津人民出版社再版。

关于《香火》的创作初衷,范小青说:“我写香火的本意,是想写一种敬畏之心的。当下的社会太缺少敬畏,有人杀一个人比杀一只鸡还无所谓。我们太需要敬畏,对生活,对人生,对生命,对许许多多的东西和一切的东西都应该是敬畏的。小说最后的走向可能与初衷有所偏差,但敬畏之心的想法仍然存在,一个百无禁忌的香火,最后他有了敬畏之心。”[①]范小青所说的“敬畏之心”,我们可以从小说主人公香火身上窥见。《香火》可以说是香火的成长小说。顽、劣、馋、懒、忤、逆,被老师和娘厌弃的香火,从轻慢菩萨,到以一己之力复兴太平寺庙;护佛礼佛的行动中,香火也从眼中有佛,到心中有佛,完成了自身的顿悟。从眼中有佛到心中有佛,香火重拾了敬畏之心。

但《香火》这个文本给我们贡献的如果仅仅是一颗

---

① 范小青:《关于〈香火〉》,《扬子江评论》2012 年第 1 期。

"敬畏之心",那么《香火》也就不成其为《香火》。正如作者自道:"小说最后的走向可能与初衷有所偏差……但是事实上,一直到今天,作为《香火》的作者,我心里对于《香火》的想法,却始终还没有定形,始终没有十分的明确,甚至没有七分五分的明确,就像《香火》这部书里,充满疑问和不确定,在虚与实之间,在生与死之间,我梳理不出应有的逻辑,也归纳不出哲理的主题,很难有条有理地分析这部小说的方方面面。"[①]对《香火》的解读也是多义而复杂的,《香火》是一个自给自足、内在生长的文本。当代中国小说家好像很少有人愿意将小说发展为一种晦涩多义隐喻深湛的艺术,《香火》在这方面的探索是有意义的,在小说越来越简单的当下,我们应该意识到,小说可以是复杂的艺术。

《香火》复杂的艺术是通过什么来实现的?一个是通过地方感觉,一个是通过生活感受。杨念群认为:"真正的移情是培养一种与本地情境相认同的地方感觉,而不是急于把这种感觉归纳为一种系统知识……中国民间社会中的信仰形态要远为复杂多样,即使其部分内容可以为知识类型所规范,但生活中大量的细节却远非其所能

① 范小青:《关于〈香火〉》,《扬子江评论》2012年第1期。

概括的，而是由感觉世界所构成。”[①]范小青拥有自己独特的“地方感觉”。《香火》与其说是一个“乡村世界”“魔幻世界”“鬼世界”，不如说是一个浑朴复杂的“感觉世界”。不可否认，民间信仰和当代社会、政治的缠绕同样是《香火》的一个重要主题。“国家”对基层乡村的日常生活，特别是个人精神信仰的粗暴介入和干涉，在《香火》的书写中，不只是存在于所谓的一九八〇年代改革前的“前社会主义时代”，同样存在于改革后的“后社会主义时代”。在“前社会主义时代”表现为地方政治强人以“破四旧”的名义对太平寺进行占领和毁弃；在“后社会主义时代”则是经济强人和“国家”共谋，按照自己的想象征用并篡改太平寺。

当下作家写乡村政治，关注传统宗族和现代政权纠缠的多，而范小青则关注更细节更隐秘的乡村政治。实际上，《香火》中的风水先生，寺庙里的和尚，还有《赤脚医生万泉和》中的巫婆胡师娘——他们分别执掌着阴阳生死天地——是传统乡村政治秩序中某一部分的权威。什么是村落？当然关乎村落的传统。宗族固然在中国乡村

① 杨念群：《“地方性知识”、“地方感”与“跨区域研究”的前景》，《区域社会史比较研究》，北京：社会科学文献出版社，2006 年版，第 347—348 页。

有着不容小觑的影响力，但宗族肯定不是中国乡村的全部。当代中国小说想当然地以为中国乡村就是宗族的乡村，将现代乡村的变动单一化地理解成不同宗族之间的此消彼长，一定程度遮蔽了我们对其更辽阔深幽的洞察。在这方面，十七年文学的《红旗谱》和一九九〇年代之后的《白鹿原》《笨花》《圣天门口》等有着一脉相承的东西。《白鹿原》《笨花》《圣天门口》这些小说将《红旗谱》之类的小说作为对抗的潜文本，同时却将对中国乡村简单化的勾勒继承过来了。当代政治在村落的渗透确实是普天之下，莫非王土。一定程度上，风水先生和尚道士巫婆神汉，在当代中国乡村比宗族领袖更惨淡。但当代乡村政治又确实不是敌退我进那么简单，范小青对当代乡村政治的复杂性有着深刻的理解。乡村政治、历史时而前行，时而倒转，驳杂多义。范小青自己说："这大概就是《香火》的创作过程和创作特点，写作者时而是清醒的，时而是梦幻的，书中的人物时而是真实的，时而又是虚浮的，历史的方向时而是前行的，时而又是倒转的。"①

《香火》的地方感觉当然还不只体现于复杂的乡村政治，小说敲菩萨和护菩萨的斗法中，就呈现了一个远比政

---

① 范小青：《关于〈香火〉》，《扬子江评论》2012年第1期。

治复杂的当代村落的庶民世界——胡司令、孔万虎的暴力，村妇内心的良善……尤其值得注意的是四圈、老屁、孔万虎爹在护菩萨中所流露出来的乡村庶民的狡黠和智慧。对这种狡黠和智慧的欣赏，使得范小青在《赤脚医生万泉和》里想象出一个万小三子。一定程度上，香火延续了万小三子的狡黠和智慧。就像殷海光指出的："中国的社会层级在广大的农民底下的有不务正业的无赖群体。这一层次的人素来是中国一般'正人君子'所瞧不起的。可是这一层次的人素来不乏奇才异能之士。"[①]值得指出的是，现代中国文学中对乡村人物的书写也进行了分层，但这种分层相当单一，不同的文化和意识形态立场使作家在书写乡村人物时往往把他们纳入预设的文化和意识形态框架，因此，现代小说中的乡村人物也逐渐被类型化。范小青是中国当代作家中少有的能够写出植根乡村大地，有着自己个性的乡村奇才异能之士的作家。

当然，使得《香火》成为一个多义文本，除了上文提到的地方感觉，还有范小青的生活感受。范小青说："有人读了《香火》，觉得这个小说在写法上有较浓郁的魔幻现

① 殷海光：《中国文化的展望》，上海：三联书店，2002 年版，第 106 页。

实主义色彩，其实我想，更主要的可能不是手法，而是感受，是感受影响了写作的方式和写作的技巧。”①

范小青在谈到《香火》的创作时说：“四年前，我离开了苏州，离开了专业作家这个专一的岗位，转移到行政工作这个行走的阶段，我的生活，我的人生，我的所有的一切，都经受了全面的全新的变化和考验，一方面，全身心地去工作，同时，又仍然要全身心地写作，一个人究竟有几个全身心呢？于是，每天每天，脑子里事情多到乱到理不清了不真实了，每天醒来的第一感受就是：梦里不知身是客。一个人，如果身体过度劳累，如果心灵过度疲惫，是有可能产生出一些错觉的，那么，一个时代，一个社会呢？有些感觉，果真是那么真实吗？另一些感觉，真的就是错觉吗？许多本来很踏实的东西悬浮起来，许多本来很正常的东西怪异起来，于是，渐渐地，疑惑弥漫了我们的内心，超出了我们的生命体验，动摇了我们一以贯之的对真实这两个字的理解。”②

除了离开苏州这一经历，范小青父亲的去世也影响了她对生活的感受。范小青自己也承认：“影响我这一次

---

① 范小青：《关于〈香火〉》，《扬子江评论》2012 年第 1 期。

② 同上。

写作经历的(指创作《香火》),还有我的父亲。""《香火》的写作过程,差不多正是父亲得病治病病重去世的过程。父亲去世的时候,我五十四岁,在这之前的五十四年中,我始终和父亲生活在一起,从没有长时间地离开过父亲,尤其是母亲去世后的二十多年,我和父亲更是相依为命,相互扶持,一直到阴阳相隔的那一天。"[①]范小青在最近的一次采访中,说起父亲去世之后,收到一个久未联系的常住澳州的朋友的信,信上说:"好久没有联系,说真话现在也不知该不该发这个信。上次给你发信是因为,我做梦,居然梦到你的父亲,像是在黄昏的某个街道,他叫住我,我一愣,我跟他其实并不熟。记得他若有心事,但就说了一句,叫我有空去看看你。我一直在悉尼生活,没有中文环境,不知道国内的事,对你的情况也更不清楚。这个梦后来又出现过,所以就上网,看了你的一篇文章后,发了信息给你,后来才知他已经去世了。丧失亲人的痛,哪里是可以用文字就能来安慰的呢?我感觉到当时的你是那么的痛苦……前些日我又梦到了你父亲,我们正是夏天,但梦里是站在冬天,他叫我站着,并不说话,站了会儿他用嘴/头示意前方说,'我就要走了。'我往前方看,离

① 范小青:《关于〈香火〉》,《扬子江评论》2012 年第 1 期。

我们站着的地方几米远外，却像是苏北的农村，田埂上还有霜，天就要黑了。我个人相信人的身体虽死但灵活着。灵会转世。当他(她)能放下一切的时候，就真走了。只是梦。醒来后我就想，是应该给你发个信的时候了。因为你终究也要走出来的，可能你已经又出发了！”①

范小青一直相信父亲从未离开过，她说：“但是我没有走出来。我一直也没有走出来。我的父亲是一个非常非常热爱生命的人，是一个一直到老都充满活力和生命力的人，他是个乐观主义者，从来不会想到自己会得什么病，更不会想到——当然，也许他是想到过的，但他从来没有说过。父亲是应该一直活着的。一直到父亲离开我们第五个年头的今天，我仍然不敢和别人谈他的事情，尤其不谈他的真实的病情，不谈他的最后的日子。因为，我觉得他会听见。他一旦听见了，他就知道自己不在了，他会伤心，他会害怕，他会难过。我不想让他难过。所以，关于父亲的一切的一切，尤其是他得病以后的一切的一切，都塞满在我心间，我不敢说，也不敢写。我不说，也不写。五年了，我从来、始终没有觉得他走了。每每从南京

① 范小青和傅小平的访谈：《我喜欢那种深入肌理细纹里的微妙之感》，《东吴学术》2014 年第 4 期。

辛苦工作后疲惫回到苏州的家，第一件事情就是推开父亲房间的门，端详父亲的照片，然后我和父亲说话，告诉他一些事情，给他泡一杯茶，给他加一点酒。下次回来的时候，酒杯里的酒少了，我知道父亲喝过了，我再给满上一点。在香火那里，他爹也一直是活着的。"[①]这些都影响了《香火》的表达，如对中国化人鬼交流中伦理情感的继承，对生命甚至是鬼的敬畏之心等。

很多研究者也注意到了其文本卡尔维诺似的"轻"的特点。在复旦大学举办的"范小青作品研讨会"上，众多作家以及评论家论及了《香火》"轻"的质地。评论家张新颖认为，在范小青近年的作品中，有作家高晓声曾经形容的精灵样的东西存在。"这种东西包含了理想主义的成分，但大于理想主义。这使得作家不会陷在生活里面，而是在生活里完成了对生活的超越。"[②]评论家汪政也认为："小说里的种种悲欢离合，都以轻松的语调讲述出来，这样的神秘之境、超越之态和叙事人假面舞会式的叙事动作，使小说从大地升向天空，从沉重的肉身蜕化到轻逸的神灵世界，将对历史与现实的记录变为艺术的表演，同

---

① 范小青和傅小平的访谈：《我喜欢那种深入到肌理细纹里的微妙之感》，《东吴学术》2014 年第 4 期。

② 张新颖：范小青作品研讨会发言记录。

时，这一切又洋溢着世俗的欢乐。这是八十年代的范小青的飞翔。”[①]这种“轻”在显示其作品具有社会现实批判意义的同时，也促成了其小说的多义性。这种多义性在《香火》《赤脚医生万泉和》等作品中都得到了很好的体现。正如陈思和所说：“就像《赤脚医生万泉和》里的万泉和在特殊的年代里，肩负起为农民看病的责任。但等你看完小说才明白，万泉和小时候生过脑膜炎，留下后遗症。这个从头至尾顶着医生名号的人，其实并不适合做医生。如此，你在阅读中撞上了意义的‘无’，但仔细琢磨又生发出很多的意味。”[②]

二〇一二年

五十七岁。

这一年的一月，《香火》被遴选为二〇一一年最佳长篇小说。二月，《扬子江评论》再次推出范小青的评论专辑，发表了范小青关于《香火》的创作谈和吴义勤、汪政等的研究论文，主编丁帆在该期“卷首语”中指出：“在范小青

① 汪政：范小青作品研讨会发言记录。
② 陈思和：范小青作品研讨会发言记录。

从事创作三十二年之际，对其创作做出总结，也是本刊的一项重要的学术任务。”五月，《当代作家评论》发表了张学昕、何平等的研究论文，该组论文系统地研究了范小青的短篇小说及其长篇小说《赤脚医生万泉和》《香火》等。

五月二十六日，“范小青学术作品研讨会”在复旦大学举行。研讨会由复旦大学中文系、常熟理工学院现当代文学学科、《当代作家评论》杂志、江苏文艺出版社共同举办。南京大学文学院教授丁帆主持会议。王安忆、陈思和、王侃、苏童、张新颖、陈歆耕、汪政、程德培、吴俊、栾梅健、林建法、张学昕、季进、王光东、何言宏、金理、程永新、徐德明、丁晓原、何平、黄小初、黄孝阳出席研讨会并发言。继莫言、苏童等作家之后，复旦大学为范小青举行高规格的研讨会，也意味着她的写作被纳入当代文学史研究的视野，在某种意义上也开启了其作品经典化的过程。九月八日，范小青参加了“《当代作家评论》三十年学术研讨会”。十一月十七日，又参加了“苏州作家与中国当代文学研讨会”。

这一年，范小青在《作家》第四期发表短篇小说《短信飞吧》，被《新华文摘》第十二期、《小说选刊》第五期、《小说月报》第六期转载，并获二〇一二年《小说选刊》奖。在《山花》第四期发表短篇小说《太阳天天在天上》。在《北京文学》第六期发表短篇小说《今夜你去往何处》，并被《小说选刊》第七期、《小说月报》第九期、《芳草》第八期转载。在《红岩》第五期发表短篇小说《谁知道谁到底要什么》，并被《小说月报》第十二期转载。在《中国作家》第八期上发表中篇小说《高楼万丈平地起》，被《小说月报》第十期、《中篇小说选刊》(增刊)第十二期、《中篇小说月报》第九期转载，并获二〇一三年《中国作家》大红鹰奖。一月，由工人出版社出版中短篇小说集《嫁入豪门》。四月，由江苏文艺出版社出版散文集《这边风景》。八月，由上海文艺出版社出版短篇小说集《哪年夏天在海边》。十二月，由南海出版公司出版短篇小说集《范小青小说精品集》。长篇小说《女同志》《城市表情》由天津人民出版社再版，长篇小说《香火》由辽宁人民出版社再版。

二〇一三年

五十八岁。

这一年，在《上海文学》第二期发表短篇小说《人群中有没有王元木》，并被《小说月报》年第四期、《新华文摘》第八期、《中华文学选刊》第四期转载。在《芒种》第六期发表短篇小说《真相是一只鸟》，并被《小说选刊》第七期转载。在《北京文学》第五期发表短篇小说《梦幻快递》，并被《小说月报》第七期、《小说选刊》第六期转载。在《作家》第七期发表短篇小说《下一站不是目的地》。在《中国作家》第十一期发表短篇小说《谁在说话》，并被《小说月报》二〇一四年第一期转载。在《收获》第五期发表短篇小说《名字游戏》。在《长江文艺》第十一期发表短篇小说《五彩缤纷》，并被《小说月报》第十二期、《中华文学选刊》二〇一四年第一期转载。在《小说月报原创版》第六期发表中篇小说《屌丝的花季》，并被《新华文摘》第二十期、《中篇小说选刊》第七期、《北京文学月报》第七期转载。一月，辽宁人民出版社出版小说、散文合集《请你马上就开花》，海南出版社出版中短篇小说集《范小青小说精选》。

二〇一四年

五十九岁。

四月，范小青在《收获》长篇专号（春夏卷）上连载长篇小说《我的名字叫王村》，后由作家出版社出版。十月，由海豚出版社出版中短篇小说集《小青六短篇》。出版的散文随笔集有《苏州人》（南京大学出版社）、《在水开始的地方》(湖南文艺出版社)、《范小青精典散文》(山东文艺出版社)。该年发表的短篇小说有《JB游戏》(《芒种》第九期)、《我在小区遇见谁》(《作家》第五期,被《小说选刊》第六期、《中华文学选刊》第七期转载)、《南来北往谁是客》(《人民文学》第九期)、《现形记》(《北京文学》第十期,被《小说选刊》第十二期、《长江文艺·好小说》第十二期转载)。四月,《东吴学术》刊登范小青和傅小平的访谈《我喜欢那种深入到肌理细纹里的微妙之感》,《扬子江评论》第四期发表陈晓明、梁盼盼的《如鼠的疯颠:失去的乡村、土地与自我》和何同彬的《静默与无名的"问题性"——〈我的名字叫王村〉读札》。

在范小青笔下,"这个'乡'是打开了一扇哲学之门的'乡'"①。《我的名字叫王村》除了对当下中国的现实批判和反思,比如对当下农村中灰色地带精神病院、救助站的触摸,以及抢占农田等现实的揭露,更有现实的荒诞感,有"不现实"或者是"超现实"的地方,即范小青说的"连存在都不存在了"②。范小青在访谈中一再说到自己写这部小说时的不确定性:"'弟弟'是不是另一个'我',

① 范小青和何平的访谈:《"不被'网罗'的作家很难下口"》,《芳草》2014年第5期。

② 同上。

‘弟弟’是不是‘我’的灵魂，这个问题，在写作中其实并没有考虑得很清楚，写作这部小说的过程，就是跟着‘我’的内心在走。”[①]小说中，弟弟只认“我”的名字——王全，只以为自己叫王全。“我”进城找弟弟的时候不得不办假身份证来证明自己是真王全，去找假王全——弟弟。对如此真真假假闹剧一般的叙述方式，范小青说：“我在小说中反复使用‘我就是我弟弟’，‘我不是我弟弟’，‘我就是我’，‘我不是我’之类的绕口令似的迷径，应该是通过这种设置，体现现代人迷失自己、想寻找自己又无从找起，甚至根本不能确定自己的荒诞性。”[②]小说的结尾，弟弟说：“我知道我的名字，我的名字叫王村。”一锤定音，简洁有力，又是如此的模棱两可，如此的不确定，像水中捞月般让人有深深的怅然若失之感。把万泉和、孔大宝（香火）和王全放在一个人物谱系上看，范小青正在写独具“范小青性”的有乡村庶民的狡黠和智慧的人物。范小青说：“万泉和、香火、‘我’（王全），都是一类人物，虽然他们每个人开始的时候情况不一样，但是到最后，他们都成为坚韧的承受者，他们是我最爱的、投入最多情感的人物，

---

① 范小青和傅小平的访谈：《我喜欢那种深入到肌理细纹里的微妙之感》，《东吴学术》2014 年第 4 期。

② 同上。

他们的内心世界和我的内心世界是相通的，相同的。”①“他们沉在最底层，他们懵懵懂懂，混混然，茫茫然，常常不知所措，但同时，他们又在历史的高度上俯视着，一切尽收眼底，看到一切的聪明机灵、一切的设计争夺，都是那样的混沌和不值一提。”②

《我的名字叫王村》是范小青继《赤脚医生万泉和》和《香火》之后又一乡村题材的长篇小说，至此，她显然已经构筑起了一个属于自己的文学的“乡村帝国”。对于这个“乡村帝国”，范小青说：“这个‘文学的中国乡村’，既是原来现实中的中国乡村，又已经不是原来现实中的中国乡村，因为它已经从大地上走进了文学作品中。小说中的‘后窑’和我曾经真正待过的后窑（它的真名叫‘新亭’，新亭隔壁的村子叫前窑），既相同又相异。我更愿意谈谈‘相异’之处，那是因为这个‘乡村’虽然是建立在原来的基础上，但它已经脱离了我真正待过的江浙交界处的那个农村，而拓展和提升到一个概念的乡村。虽然小说中仍然有江浙地带的风土人情，甚至某些方言，但这已经不

① 范小青和何平的访谈：《“不被‘网罗’的作家很难下口”》，《芳草》2014年第5期。

② 范小青和傅小平的访谈：《我喜欢那种深入到肌理细纹里的微妙之感》，《东吴学术》2014年第4期。

是我的重点，我的重点是概念的乡村，是人与土地、人与生死，人与时间等等的关系。”①

中国乡村的颓败是鲁迅开创的主题。对中国乡村的颓败和重建这个问题，各个专门学科从各自的领域做出自己的回答，甚而开出药方。但文学可以只是“揭破”，只是引起“疗救的注意”。范小青在这三部小说中关心的是我们的村落曾经有过什么，而今一点一点被“掏空”，今天我们的乡村已经成为一个没有灵魂的“空村”，这使得这三部小说有种无言的挽歌情调。范小青说：“将这三部作品联系起来一看，确实是很密切的，如果按出版的时间顺序，先是说乡村的肉体的痛苦，然后是乡村的灵魂的挣扎，最后连存在都不存在了……至于这三部小说的这样一个走向，我是从三个独立的思考开始的，最后发现它们竟然具有相当的整体性，所以我回想，所谓独立的思考，本身都是有指向性的，指向的就是今天中国乡村的走向。”②

---

① 范小青和何平的访谈：《“不被‘网罗’的作家很难下口”》，《芳草》2014 年第 5 期。

② 同上。

图书在版编目(CIP)数据

范小青文学年谱/何平编著. —上海: 复旦大学出版社,2015.8
[《东吴学术》年谱丛书(甲种: 当代著名作家系列)]
ISBN 978-7-309-11147-7

Ⅰ. 范… Ⅱ. 何… Ⅲ. 范小青-文学研究-年谱 Ⅳ. I206.7

中国版本图书馆 CIP 数据核字(2014)第 293963 号

范小青文学年谱
何　平　编著
责任编辑/毛蒙莎

复旦大学出版社有限公司出版发行
上海市国权路 579 号　邮编: 200433
网址: fupnet@fudanpress.com　http://www.fudanpress.com
门市零售: 86-21-65642857　团体订购: 86-21-65118853
外埠邮购: 86-21-65109143
常熟市华顺印刷有限公司

开本 787×1092　1/32　印张 4.5　字数 69 千
2015 年 8 月第 1 版第 1 次印刷

ISBN 978-7-309-11147-7/I · 880
定价: 28.50 元

李桂玲 编著
莫言文学年谱

张光芒 王冬梅 编著
铁凝文学年谱

张学昕 编著
苏童文学年谱

梁海 编著
阿来文学年谱

梁鸿 编著
阎连科文学年谱

何平 编著
范小青文学年谱

刘琳 王侃 编著
余华文学年谱